宮澤賢治
童話集
EX-LIBRIS
©DEE TEN PUBLISHING CO.

日本經典文學

宮澤賢治童話集

宮澤賢治（みやざわけんじ）——著

徐華鍈——譯

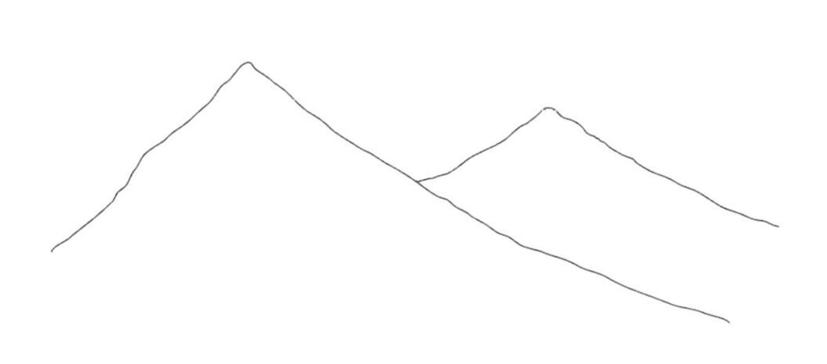

笛藤出版

目次

古斯寇布達利傳記

グスコーブドリの伝記

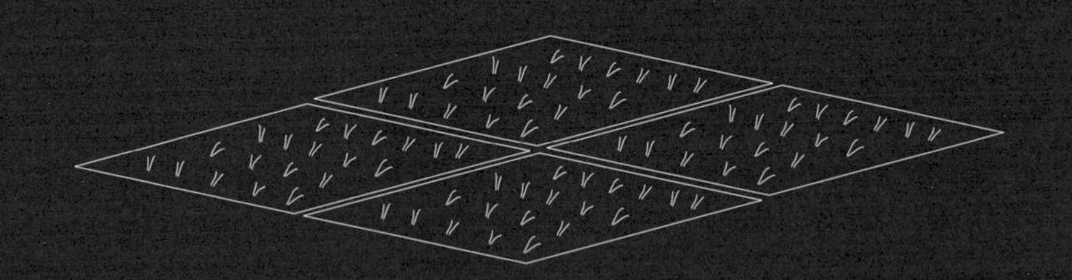

「之後還會出現許多像我這樣的人。那些比我更有能力、什麼都做得到的人，會比我更厲害、更美好，一邊工作一邊笑著的。」

「私のようなものは、これからたくさんできます。私よりもっともっとなんでもできる人が、私よりもっと立派にもっと美しく、仕事をしたり笑ったりして行くのですから。」

一、森林

古斯寇布達利生於伊哈德布的一個大森林中。他的父親是個有名的伐木工，名叫古斯寇納達利。不管是多大的樹，只要到了他的手中，都能像哄嬰兒睡覺般輕而易舉地砍倒。

布達利有個妹妹叫奈莉，他們兩個人每天都在森林裡玩耍，也會到只能遠遠勉強聽到父親嘎唧嘎唧鋸樹聲的地方玩。兩人在那裏採木莓、泡在湧出的泉水中，輪流向著天空學山鳩大叫。如此一來，可以聽到從四面八方傳來啵—啵—的鳥兒疲倦的鳴叫聲。

母親在家前的小田地上種麥子時，兩人就會在路邊鋪上草蓆坐著，然後用鐵罐頭煮蘭花。這一次，各式各樣的鳥兒宛如打招呼般地，一邊啼叫一邊飛過兩人蓬鬆的頭上。

布達利到了上學的年齡後，白天的森林變得好寂寞。但是只要到了下午，布達利便會帶著奈莉一起來到森林，用紅色黏土和未燃盡的木炭在樹幹上寫上樹木的名字，一邊高聲唱歌。

被蛇麻草的藤蔓往兩邊拉，變得像門一樣的白樺樹上寫著。

「卡可烏達利、多爾貝卡拉茲」。

當布達利十歲時，奈莉七歲了。然而不知道為什麼，那一年的太陽從春天開始詭異地變成白色。總是在雪融過後不久便長出白色花朵的辛夷，也完全不開花了。即使到了五月也常常雨雪交加，七月底了天氣也依然沒有回暖，因此去年播的麥子只長出沒有結穗的白色麥穗，大部份的水果都開過花後便凋落了。

即使終於進入秋天，栗樹上也都是只有綠色外殼的果實，而大家日常生活中一定吃的、最重要的穀物歐利薩（註）也結不出任何東西。這樣的情形在原野上已經引起極大的騷動。

布達利的父親和母親偶爾會把木柴拿到原野上，到了冬天便不斷地用雪橇把巨大的木材運進城裏去，但卻總是一臉失望地帶著一點點的麥粉回家。儘管如此，一家人總算還是度過冬天迎接下一個春天。田裏播下了去年珍藏的種子，但這一年還是跟去年一樣。然後秋天又來了，終於演變成真正的饑荒。到了這時候，孩子們不上學了，布達利的父母也都停止工作。他們兩人常常擔心地商量著，並輪流到城裏，有時好不容易才帶回一丁點的玉米粒，有時候則是臉色難看、雙手空空地回家。因此不管是小橡樹的果實、葛、蒔菜的根、還是柔軟的樹皮，只要是能吃的大家都來者不拒。就這樣度過了冬天。

當春天再度來臨，父親和母親卻像是生了重病。

有一天，父親抱著頭思考了好長一段時間後，突然坐起來。

註　歐利薩：即指稻米

「我去森林晃晃。」說完便拖著不穩的腳步走出家門，天黑了也不見回來。即使兩人追問母親父親的下落，她也只是沉默地望著兩人的臉。

隔天傍晚，森林陷入一片漆黑後，母親忽然站起身，丟了許多碎木片到火爐中燒，屋內一下子全亮了起來。接著，她說要去找父親，吩咐孩子們在家待著，每天吃一點廚櫃裏的麵粉，便拖著衰弱的身子離開家。兄妹兩人哭著在後面追趕，母親轉過頭來罵道：「真是不聽話的孩子！」。

說完又加快腳步、跌跌撞撞地走進森林。兄妹來來回回好幾趟，哭著在附近徘徊。最後他們終於忍不住，進入了漆黑的森林。不知何時，他們來到蛇麻草的門邊、來到有湧泉的地方，漫無目的地四處走著，並整晚呼喊著母親。從森林的樹叢間，可以見到星星一閃一閃，像是要訴說什麼似地閃爍著，不時有鳥兒受到驚嚇般自黑暗中飛過，但周遭卻沒有任何人類的聲響。兩人最後終於恍恍惚惚地回到家，進了屋子後便像死去般地沉沉睡去。

布達利醒來時，已過了晌午時分。

他想起母親說過的麵粉，打開廚櫃門一看，裏面有個裝了許多麵粉和橡樹果實的袋子。布達利搖醒奈莉，兩人舔著麵粉，像父母親還在時一樣燒起爐火。

之後，他們就這樣茫然地過了二十天。某一天突然聽見門口有人說：

「你好，有人在嗎？」莫非是父親回來了？布達利跳著衝過去一看，卻是個背著竹簍、眼神銳利的男人。這男人從竹簍中拿出圓餅丟過來說：

「我是來救濟這地方饑荒的，盡情地吃吧！」見兩人呆立著，他又說：「來吧，吃啊！」兩人這才戰戰兢兢地吃起來，男人一直看著他們，

「你們都是乖孩子，但光只有乖是沒有用的，跟我來吧！男孩本來就比較強悍，我也沒辦法一次帶走兩個人。喂，小女孩，妳待在這裏也沒東西可以吃了。不如和叔叔一起到城裏去吧！可以讓妳每天都吃得到麵包喔！」。接著他突然抱起奈莉放進背後的竹簍中，一面「喔喔、嘿呦嘿呦……」地哄著，便像風一般地離開了家中。奈莉一出家門便哇地大哭起來，布達利一邊哭喊著「小偷、小偷」一邊追在後面跑，男人卻早已穿過了森林，跑向前方的草原，只能隱約聽到奈莉發抖的哭聲。

布達利哭喊著一路追到森林盡頭，終究還是疲憊不堪地累倒在地。

二、天蠶絲工廠

布達利一張開眼睛，突然有個極為扁平的聲音從他的頭上方傳來。

「終於醒過來了。你以為還在鬧饑荒嗎？要不要起來幫我忙？」

一看，是個頭戴褐色草菇帽，身穿外套加襯衫的男人，手上晃著一團金屬絲線做成的東西。

「饑荒已經過了嗎？幫忙是指什麼忙？」布達利問道。

「掛網啊！」

「在這裏掛網？」

「沒錯。」

「掛網做什麼？」

「養天蠶(註)啊！」

往一旁看去，就在布達利前面的一棵栗樹上，兩個男人正架著梯子往上爬，努力地像是丟出網子又抽著絲似地，但就是沒看到網子和蠶絲。

「那樣能養天蠶嗎？」

「可以啊！你真是個囉嗦的小孩欸。喂，講這什麼不吉利的話。我為什麼要在沒辦法養天蠶的地方開工廠啊！當然養得起來啊！現在有很多人都像我一樣靠這個維生的！」

「是這樣啊？」布達利總算才用沙啞的聲音問道。

「而且這個森林已經被我買下了，要在這裏幫忙也行，如果不要的話就快離開，反正你到哪裏都沒有東西吃！」

布達利快哭出來了，但他還是努力忍下來說道：

「那我就留下來幫忙吧！但是為什麼要掛網呢？」

「我當然會教你，用這個。」男人拉開手上那團像是金屬籠的東西。

「看好喔！這樣做的話就會變成梯子。」

男人大步走向右手邊的栗樹，把手上的東西掛在下面的樹枝上。

「來，換你拿這網子爬到上面去。來，爬上去試試！」男人遞給布達利一團奇怪的球形物體。布達利只好硬著頭皮拿著它抓著梯子往上爬，但是梯子上一階階的金屬線細到彷彿手腳要陷進去、肉會被切下來一般。

註　天蠶：生產蠶絲的生物總稱

「再爬高一點，再高，再上去。然後把剛剛的球丟出去，要越過栗樹喔！把它往空中丟去。什麼？你在發抖嗎？真沒出息！快丟出去！丟啊！快呀！」

布達利牙一咬，用力地把它往天空一丟，沒想到頓時覺得眼前來了一團黑，那球直朝著自己掉下來了。那男人適時接住了布達利。他把布達利放到地上，一邊怒氣沖沖地說：

「真是個沒用的傢伙，怎麼這麼扭扭捏捏的啊！要不是我接住你，你腦袋就要開花了。我可是你的救命恩人喔。現在開始給我有禮貌點！接下來嘛，試試看那邊那棵樹吧！再努力點就有飯吃囉！」男人又交給布達利一團新的球。布達利拿起梯子到下一棵樹上後，又把球往上丟。

「很好，越來越熟練了。球還有很多喔！別偷懶！只要是栗樹都可以丟。」

男人從口袋裏掏出十團球交給布達利，便快步地向前面走去。布達利又丟出三團，但他總覺得喘不過氣來，身體也疲倦地不得了。正打算回家時，他看向以前的家後嚇了一跳，屋子不知道什麼時候開始多了根紅色的煙囪，門口掛著一塊「伊哈德布天蠶絲工廠」的招牌。屋子裏煙霧迷漫，剛才的男子走了出來。

「來吧！孩子，吃的東西幫你拿來了。吃完之後，趁天還沒黑再多做點事吧！」

「我不想做了，我想回家。」

「家是指那裏嗎？那裏已經不是你家了，而是我的蠶絲工廠喔！這個家和這片森林全被我買下來了。」

布達利豁出去了，沉默地接過男人給他的麵包，狼吞虎嚥地吃了起來，隨後又丟了十幾團球。

那天晚上，布達利窩在自己過去的家，如今變成天蠶絲工廠的一個角落沉睡著。剛才的男人和三、四個不認識的人在深夜裏待在火爐旁燒柴火，邊喝東西邊閒聊。隔天一早，布達利便走出森林，做著和昨天一樣的工作。

就這樣過了一個月，森林中的栗子樹全掛上了網，養蠶的男人把沾滿了像穀子般的東西的木板片，在每棵樹上各吊了五、六片。不久後樹發芽了，森林又呈現一片盎然綠意。接著吊在樹上的木板片上，長出許多的青白色小蟲，沿著絲線成列地爬上樹枝。

布達利他們現在每天被派去砍柴。砍的柴在住家周圍堆得像座山一樣高，當栗樹上的枝幹佈滿青白色的絲狀花朵時，沿著板片往上爬的蟲子，也正好變成栗子花的顏色和形狀。至於森林裡的栗樹樹葉則全被這些蟲子吃個精光。

過了不久，這些蟲子開始化為黃色的大蠶繭，掛在每個網目上。

養蠶的男人像發了瘋似地，大聲責罵布達利他們，要他們把蠶繭收到竹簍裏，然後把蠶繭倒進鍋裏頭煮，再用手轉著輪子把蠶絲抽出來，三台紡車日夜不停地轉動著取絲。這些生產出來的黃絲堆滿了半個小屋，而放在屋外的繭殼，則開始飛出許多的大白蛾。養蠶男人的臉變得跟鬼一樣可怕，不但自己拼命地抽取蠶絲，還從原野那頭帶來四個人幫忙幹活。然而與日俱增的白蛾把整片森林變得像是雪花紛飛一樣。有天來了六、七輛載貨馬車，把這些日子完成的蠶絲裝上了車，全部載回城裏去。大家也一個個搭上馬車走了。當最後一輛馬車要離去時，養蠶的男人對布達利說：

「喂，屋裏放的食物夠你吃到明年春天，你就待在這裏看守森林和工廠吧！」

說完後露出怪異的笑容，便搭上馬車迅速離去。

布達利茫然地被留下來。屋裏髒亂不堪，宛如暴風雨過境一樣，森林像是發生過山中大火般一片荒涼。隔天布達利開始動手整理屋內和四周，他無意間在養蠶男人常坐的地方發現了一個舊紙箱。箱子裏塞了大約十本左右的書，打開一看全是蠶的圖案和機械圖，還有一些完全看不懂的書，以及畫著許多樹和草並標著它們名字的書。

布達利努力照著書寫出、畫出那些字和圖案，就這樣過了一個冬天。

春天一到，那男人又帶著六、七個新手大搖大擺地回來了。隔天再度開始了和去年一樣的工作內容。

大家掛好網，吊滿黃色的板片，蟲子爬上樹枝，然後又到了布達利他們被派去砍柴的時候。某天早晨，布達利他們正在砍柴，地面突然開始震動起來，接著遠方傳來一聲轟然巨響。

沒多久天色突然變暗，細灰沙沙地從天而降，整片森林頓時成了一片全白。布達利他們全嚇呆地蹲到樹下，養蠶男人慌慌張張地跑過來。

「喂，大家！已經不行了。是火山爆發，開始噴火了。蠶全被蓋上火山灰都死了，大夥兒趕快撤退吧！布達利，你想待在這也行，不過這次可不放吃的了。而且待在這太危險，你還是逃出這裏另外謀生吧！」

話才剛說完，人便跑得不見蹤影。布達利回到工廠時，已經不見任何人了。他悵然若失地踏上有著大家腳印的白色灰燼，往原野的方向走去。

三、泥沼田（註）

布達利走在積滿火山灰的森林中，往城裏的方向持續不斷地走了大半天。風一吹白色的灰燼就從樹上沙沙地掉落，彷彿是煙霧或暴風雪似的。但越靠近原野，火山灰就越來越少。漸漸地可以看到樹木的綠意，路上的足跡也逐漸消失。

就在踏出森林的瞬間，布達利不自覺地瞪大了眼睛。原野從眼前一直到遠方的白雲之間，宛如一張塗滿桃紅色、綠色和灰色的美麗色卡。靠近一看，那桃紅色部份是一整片盛開的小花，蜜蜂正忙碌地在花叢之間穿梭，綠色是長著小穗的茂密草叢，灰色則是淺淺的泥沼地。每一個周邊都築起了低矮又狹窄的堤坊，人們驅策馬匹在田裡不斷鬆土。

布達利在其中走了一會兒，見到兩個人在路中央吵架似地大聲叫嚷著。右邊那個紅鬍子的人說：

「無論如何，我決定賭一賭。」

這時，另一個戴著白色斗笠的高個子老先生說了。

「我說不行就是不行。放那麼多肥料進去，只會長稻草，穀子是一粒也長不出的。」

「哼！根據我的估算，今年肯定比過去三年來得熱。我就在這一年收成三倍的量給你看。」

「不行！不行！我說不行！」

「哼！我才不要。花全埋進去了，接著放六十塊豆丸子，然後再加上雞糞一百馬車。如果快的話，不久就會開始忙起來，到時候還要麻煩你幫忙照顧一下豇豆的藤蔓呢！」

布達利不自覺地靠過去行了個禮。

「既然如此要不要雇用我？」

那二個人突然抬起頭，手摸著下巴看了布達利一會兒，紅鬍子突然大笑起來。

「好、好。你就來幫我牽馬吧！現在馬上跟我來。反正成功或失敗，秋天到了就知道。走吧！來得正是時候，豇豆的藤蔓也該找人照顧了。」紅鬍子輪流和布達利及老先生交談後，便快步先行離去。

「不聽老人言，到時候就知道後悔啦！」老先生望著他們的背影，嘴裏不住地叨唸著。

從那天起，布達利每天到泥沼田裏驅著馬翻攪泥巴。一整天下來桃紅色和綠色的區域漸漸地被毀壞，全都變成了泥沼田。馬匹偶爾會濺起泥水，弄得大家滿臉都是，一塊泥沼做完

註　泥沼田：指稻田、田地

了就換另一塊繼續做。

一天的時間是那麼長，到最後都弄不清楚自己有沒有在走，甚至把泥巴當成糖果，水當成湯了。風陣陣地吹來，把附近的泥水吹出像魚鱗一樣的波紋，遠處的水則吹成了白銅色。天空中，看起來酸甜的雲朵每天悠閒地飄著，看了讓人羨慕不已。

就這樣過了二十天，泥沼田終於全都變成了黏稠的泥漿。隔天一早，主人便幹勁十足地從各地召來人手，一字排開在泥沼田裏插滿了綠色槍矛般的歐利薩幼苗。花了十天完成之後，接著又帶著布達利他們到之前來幫忙的人家中去工作。結束終於之後，他們又回到自己的田裏，開始每天每天地除草。

布達利主人的苗長得是又大又黑，但隔壁田裏的卻是淡淡的綠色，就算遠遠地看，也可以清楚分辨出二塊田的邊界。花了七天除完草後，接著又到別的地方去幫忙了。

有天早上，主人帶著布達利經過自家的泥沼田時，突然「啊！」地大叫一聲，整個人呆立原地。只見他嘴唇失去血色，呆呆地望著正前方。

「生病了啊。」主人總算開了口。

「頭痛嗎？」布達利問道。

「不是我，是歐利薩啦！你看。」主人指著前面的歐利薩。布達利蹲下來查看了一下，發現每片葉子上都長出一些從未見過的紅色斑點。主人不吭聲地拖著沉重的步伐繞過田地一圈後，便轉身要回家去。布達利擔心地跟在後面，主人只是靜靜地把毛巾泡濕擰乾放在額頭上，就這樣在地板上躺著睡著了。過沒多久，主人的太太從外面衝進來。

「聽說歐利薩生病了是真的嗎？」

「嗯，已經沒救了。」

「無法補救了嗎？」

「不行，跟五年前的完全一模一樣。」

「所以說，叫你別投機就是不聽。爺爺不是也勸過你嗎？」太太開始嗚咽地哭了起來。

主人突然精神抖擻地爬起來。

「好，我身為伊哈德布原野上屈指可數的大地主，豈能被這種事擊倒？加油吧！明年再來好好努力。布達利！自從你來到我家之後，還沒好好睡過一覺吧！來吧！不管五天十天都可以，好好睡個過癮吧！之後我會在那邊的田裏變個戲法給你看。不過今年冬天就只有蕎麥可以吃囉！你喜歡蕎麥吧？」說完主人便迅速戴上帽子出門去了。

布達利聽主人的話走進倉庫打算準備睡覺，但還是為田裏的事心煩不已，便忍不住去看看情形。到了那裏，只見主人不知從什麼時候開始，一個人雙手抱胸地站在田埂上。仔細一看，泥沼田裏是滿滿的水，歐利薩好不容易長出了葉子，葉片上則浮著亮亮的石油。主人說話了。

「我現在要來解決這個怪病！」

「可以用石油來殺死病源嗎？」布達利問道。

「如果泡在石油裏就連人也會死的。」說著便倒吸一口氣縮了縮脖子。這時下游田地的主人氣急敗壞地跑過來，大聲怒吼道：

「為什麼把油倒進水裏去！全都流到下游來，流進我的田了！」

主人一副豁出去了的態度，從容地回答：

「問我為什麼把油倒進水裏去？因為歐利薩病了才把油倒進水裏啊！」

「可是那會流到我家田裏去的。」

「會流到你家的田，是因為水流過去油自然也跟著流囉！」

「那為什麼不把我家的排水口堵住，不要讓水過來呢？」

「問我為什麼不把排水口堵住，好阻止水流到你家去？因為那不是我的排水口，所以我沒法擋啊！」

隔壁的男人怒氣沖沖，二話不說便跳進漂浮的油水中，動手用泥巴把自己的排水口堵起來。主人咧嘴一笑地說：

「那個人不好相處。這邊要是擋住水，他又會怪我亂做主張，所以才讓他自己來動手。那邊的水堵住後，過了今晚水就可以蓋過草的頭了。走，回家吧！」主人輕快地往家裏走去。

隔天一早，布達利又跟主人來到泥沼田裏。主人撈起水中的一片葉子，仔細地端詳一會兒，但還是一臉的黯淡。到了隔天仍然不變，之後的下一天也是老樣子。再過了一天依舊不見改善，再下一天的早上，主人終於下定決心般地說了。

「布達利，差不多是該播種蕎麥的時候了。你到那邊去，把隔壁的排水口給破壞掉吧！」

布達利依指示去做。混著石油的水一下子全流到隔壁的田裏。

「一定又要挨罵了！」布達利才剛這麼想著，中午那個隔壁的主人就拿著大鐮刀衝過來了。

「喂！你為什麼把石油倒進人家田裏去啊？」

主人宛如從丹田發聲一樣，沉穩地回答：

「石油流過去不好嗎？」

「歐利薩會死光啊！」

「歐利薩會死嗎？不會死吧！先看看我家田裏的歐利薩吧！到今天為止整整四天都泡在石油裏喔！結果還不是長得好好的。葉子變紅是因為生病，長得好則是因為石油的關係。你那邊的石油不過是漫過歐利薩的根部罷了！或許這樣對它也好。」

「石油會變成肥料嗎？」那個男人的臉色稍微和緩下來。

「會不會變成肥料我是不知道，總之石油不就是油嗎？」

「石油是油沒錯啊！」男人的心情變好笑了起來。水漸漸退了，歐利薩漸漸露出了根部。滿滿的紅色斑點，像被燒過一樣。

「我們的歐利薩可以收割囉！」

主人笑著說，接著便和布達利聯手開始割起歐利薩來，並原地種下蕎麥種子後把土蓋上。那年就跟主人說的一樣，布達利家只有蕎麥可以吃。隔年的春天一到，主人說：

「布達利，今年的田地比去年減少了三分之一，工作應該很輕鬆。你就好好努力用功，好好研究我死去兒子留下來的書，種出讓那些嘲笑我是投機份子的傢伙吃驚的好歐利薩吧！」

於是各式各樣的書本像山一樣地堆到布達利面前。布達利趁著空檔一本本地讀下去，在這之中，一本敘述一個叫做克保的人的思想的書最有趣，他連續看了好幾遍。知道那個人在伊哈德布市區辦了一個月的學校，一心非常想到那裏去讀書。

就在那年夏天，布達利做了一件大事。和去年同個時候，歐利薩又染上病，布達利利用木頭灰燼和食鹽成功地阻止病情的漫延。到了八月中，歐利薩全都長出了稻穗，每棵稻穗上還都開出小白花，接著花又漸漸變成水藍色的稻穀，在風中像波浪般地擺動著。主人簡直是得意極了，他逢人便說：

「雖然我種歐利薩失敗了四年，但是今年可是把面子全都討回來了。感覺還真是不錯！」

然而下一年卻不再那麼順利。從插秧開始就沒下過一滴雨，水路因此乾涸，田裏也開始出現裂縫，秋天的收割只能勉強應付冬天的糧食。新的一年想要重新開始，但卻還是像去年一樣地乾旱。不斷地期待著新的一年，布達利的主人漸漸無法再負擔買肥料的錢，馬賣了，最後連田地也一一賣掉。

某年的秋天，主人難過地對布達利說：

「布達利啊！我以前也算得上是伊哈德布的大農家，也是很努力工作過來的，卻因為這經年的寒流和暑旱，現在的田地只剩下以前的三分之一了，明年大概也買不起肥料了。不只是我，明年的伊哈德布大概沒人買得起肥料了。這樣的情況下，實在無法再給你工作的酬勞了。你還年輕，工作也賣力，實在不好意思讓你繼續待在這裏委曲過日子，實在抱歉，你就帶著這個到別處碰碰運氣吧！」說著，主人拿出一袋的錢和染成深藍色的新的麻布衣，還有一雙紅色皮革的靴子交給布達利。

布達利頓時忘了長久以來工作的辛勞，他什麼都不要，只想繼續留在這裏工作。但仔細想想，留著也沒什麼事可做，便一再地向主人致謝，告別了一起工作六年的泥沼田和主人，往車站的地方走去。

四、克保大博士

布達利走了兩個小時左右，終於來到車站。接著，他買了車票，搭上開往伊哈德布的火車。火車逐漸將一個個的泥沼田拋到後頭，迅速地奔馳了起來。遠方的黑色森林，一個個幻化著模樣，終究還是被拋到腦後。布達利的心中百感交集，只希望早點抵達伊哈德布市區，見到寫出那本書的叫克保的人。可以的話，他更希望能一邊工作，一邊唸書，培養出不再讓人傷透腦筋的泥沼田，並且找出解決火山灰、乾旱和嚴寒的方法。一想到這裏，他甚至連火車的暫停靠站都無法忍受了。火車在當天過午時分抵達伊哈德布市區，一踏出車站，從地面底層竄昇上來的聲響、渾濁的空氣和來來往往的許多汽車，讓布達利呆站了好一會兒。

好不容易回過神來之後，他便向人打探克保博士學校的地址。然而不管問誰，每個人看到布達利那過於嚴肅的表情，總是忍不住笑意地回答「我不知道那所學校欸」或「再過五、六條巷子去問問看吧！」。等到布達利總算找到學校的時候，已是接近傍晚時分。在那棟快要倒塌似的大型白色建築物的二樓中，有人正大聲地說著話。

「你好。」布達利大喊。沒有任何人出現。

「你──好！」布達利用盡力氣大叫。

頭頂上的二樓窗戶突然探出一個大大的灰色臉孔，眼鏡上的兩片鏡片發出亮光。那人怒吼道：

「現在是上課中。吵死人啦！有事就進來。」說完後馬上就把頭縮了回去，裏頭傳來一陣哄笑聲，那人若無其事地又繼續說下去。

布達利鼓起勇氣，躡手躡腳地輕輕爬上二樓，只見階梯盡頭的門是開啟的，一間寬敞的大教室出現在布達利的眼前。裏面擠滿了穿著各式衣服的學生，前方是面大黑板，上頭畫有許多白色的線條，剛才那個高個子戴眼鏡的人，正對著一座大型的高台模型指指點點，用和剛才一樣的大嗓門，向大家解說著。

布達利看了一眼，心想：啊——這就是老師書裏面寫的「歷史中的歷史」的模型。老師笑著將一個把手轉了轉，模型喀地一聲，成了奇特的船形物體。他又喀地轉了一下把手，模型這回變成巨大蜈蚣的形狀。

大家專注地伸長脖子，一臉困惑不解的神情，布達利則是覺得津津有味。

「這麼一來就形成了這樣的圖。」老師在黑板上迅速畫出新的圖面。左手拿著粉筆，一下子就畫好了。學生們也拼命學著畫。布達利也從懷裏拿出在泥沼田時使用的一本髒髒的記事本，跟著開始畫了起來。老師畫好後，靜靜地站在講台上，看著台下的學生。布達利也在畫。正當他看著圖的縱橫比例時，布達利旁邊的一個學生突然「呼啊——」地打了個呵欠。

布達利悄悄地問道：

「喂，那個老師叫什麼名字？」

那學生語帶嘲諷地說：

「克保大博士啊，你不知道嗎？」說完便直盯著布達利的反應，又接著說：

「剛開始的人哪能畫得出這樣的圖啊！連我都已經上六年同樣的課了呢！」說完便把自己的筆記本收起來。這時教室的電燈突然啪一聲地亮起來。已經是傍晚了。大博士在前面說：

「夜色悄然來到，吾之講課已告結束。諸君中願意者，可依平日之例，將筆記本出示於吾，再接受數個問題，應可決定君之所屬。」學生們哇地大叫，手忙腳亂地蓋上筆記本，大部份的人都準備要離開。但有五、六十人排成一列，攤開自己的筆記本走到大博士面前。大博士在看了一眼後提出一兩個簡單的問題，再用粉筆在衣領上寫下「合格」「再來」或是「加油」的字樣。學生們個個戰戰兢兢地縮著脖子，事後則迅速縮著肩膀走出教室，在走廊上請朋友幫自己看衣領上的記號，因結果而喜或憂。

考試很快結束，終於只剩下布達利一個人。當布達利拿出那本髒兮兮的小記事本時，克保大博士打了個大呵欠，彎下腰把眼睛貼著記事本，彷彿要把它給吸進去似地。

大博士像是意猶未盡似地吞了吞口水說：

「很好。這圖畫得很正確。其他的地方呢？這是什麼？哈哈哈，泥沼田的肥料，是馬的飼料嗎？來，回答問題吧！工廠煙囪噴出的煙，有哪幾種顏色呢？」

布達利想都沒想就大聲答道：

「黑、褐、黃、灰、白、無色，還有這些顏色的混合。」大博士笑了。

「無色的煙很好。談談形狀吧！」

「無風時，如果煙達到一定的量，便會形成煙柱，再從前端逐漸擴散開來。雲層厚重時，煙柱會直衝至雲層，再往兩旁散去。有風的的日子，煙柱會傾斜，傾斜程度是視那時風的強度而定。偶爾會形成波浪狀或幾個斷面，大多是因為風的關係，但也可能是煙和煙囪本身的特性造成。沒什麼煙的時候，會跟拔軟木塞時一樣，煙和較重的瓦斯混到的話，會在煙囪口形成串狀，可能朝單一方向或四方散落。」大博士又笑了。

「很好。你的工作是什麼呢？」

「我是來找工作的。」

「我有個不錯的工作。這張名片給你，馬上過去看看吧。」博士拿出名片快速地寫些東西後遞給布達利。布達利行個禮，正要往門口走去，大博士望著他：

「什麼啊！是燒垃圾的吧！」他低聲嘟囔，把剩下的粉筆、手帕和書本全部丟進桌上的公事包挾在腋下，從剛剛探頭的窗戶咻地跳出去。

嚇了一跳的布達利靠到窗邊一看，只見大博士乘上一台玩具般的小飛行船，自己操縱著方向盤，往飄著淡藍色霧氣的城鎮上空筆直地飛去。就在布達利呆望著前方的時候，大博士已經停在前方的一個灰色大建築物的屋頂平台上，再拿出像鑰匙的東西把船鎖上，便消失在那座破舊的大樓裏。

五、伊哈德布火山局

布達利照著克保大博士給的名片上的地址，來到一棟褐色的大樓，大樓後面有一根串狀的高柱，漆成顯眼的白色聳立在夜色中。布達利來到玄關按下電鈴，馬上就有人出來應門，對方接過布達利遞出的名片看了一眼，馬上將他帶到廊底一間大房間。

在那房間裏，有張他未曾見過的大桌子。中間坐著一個頭髮有點花白，看來相當親切又有威儀的人，那人正一面聽著電話，一面寫些什麼。他一看到布達利便指著旁邊的椅子，然後又繼續寫他的東西。

房間的右邊牆壁整片掛滿著用豐富配色的巨大模型所做成的伊哈德布的地圖，鐵路、城鎮、河流和原野都一目瞭然。貫穿正中央彷彿背脊般的山脈、沿著海岸邊緣的山脈、還有從中分支而出形成海中諸小島的山脈，全都點上紅、橙、黃的小燈，燈光的顏色不斷地改變，一邊唧唧地發出像蟬鳴的聲音，數字也忽隱忽現。緊貼在下面牆壁的架子上，黑色的打字機般的東西整齊地排成三列或動或叫地動作。就在布達利看得出神時，那人掛下電話，從懷裡掏出名片盒，拿出一張名片遞給布達利說道：

「你是古斯寇布達利吧？這是我的名片。」仔細一看，名片上寫的是伊哈德布火山局技師班奈那姆。那人見布達利打的招呼生疏又扭捏不安，便更親切地說：

「剛剛克保博士來過電話，所以我一直在等著你。以後你就在這邊一面工作，一面好好學習。這裏的工作雖然是從去年才剛開始，但還是很重要的，因為大部分的時間都必須待在不知道何時會噴發的火山上工作。再說，火山的特性其實不是從課本上就學得到的知識。這是我們今後必須努力的目標。今晚已經為你準備住處，請好好休息吧！明天再好好跟你介紹這棟大樓。」

隔天早上，班奈老技師帶著布達利參觀大樓內各個設備，並詳細介紹各種機器和它們的用法。這棟大樓內的所有機器，連接著伊哈德布的三百多個活火山、休火山，除了活火山噴出的煙和灰或是流出的熔岩之外，那些看似沉靜的古老火山中的熔岩和瓦斯氣體，甚至是山形的改變狀況等，都透過轉化成數字和圖形的方法來展現。此外，每當有巨烈變化產生時，模型還會各自發出不同的聲音。

從那天起布達利就跟著班奈老技師，學習所有機器的操縱和觀測方法，不分日夜辛勤地工作和學習。

過了二年左右，布達利便和其他人一起到各地的火山架設機器，同時也負責機器的修繕工作，因此對布達利來說，伊哈德布的三百多座火山和它的動態，可說全都在他的掌握之中。其實伊哈德布有七十幾座火山，每天都不斷在冒煙、流出熔岩，五十幾座的休火山會噴出各種的氣體，還會流出滾燙的液體。至於剩下的一百六、七十座死火山中，也有一些是不知何時又會爆發的火山。

某天，當布達利正在和老技師一起工作時，位於南方海岸的一座叫做山姆托利的火山，正不斷透過機器傳出感應。老技師大喊出聲。

「布達利，山姆托利到今天早上為止都沒有異狀吧？」

「是的，至今都還沒看到山姆托利有任何動靜。」

「現在快要噴發了，可能是受到今早地震的刺激吧！這座山往北十公里處是山姆托利市。

要是爆發的話，山的三分之一大概會飛噴到北邊去，像牛隻或桌子般大小的岩塊也會混在熾熱的火山灰和瓦斯中，一個個落向山姆托利市。最好趁現在把向海的那邊穿洞，製造幾個出口，用來排放瓦斯或引出熔岩。我們馬上過去看看情況吧！」兩人立刻做好準備，乘上開往山姆托利的火車。

六、山姆托利火山

兩人在隔天一早便抵達山姆托利市區，在中午時分來到山姆托利火山頂附近，接著爬上裝設有觀測機器的小屋。它位於山姆托利火山舊噴火口的外輪山上面海的缺口處。從小屋的窗口往外眺望的話，可以看到海變成藍或灰色的條紋，上面有數艘吐著黑煙、拉著銀色水道的汽船正在滑行。

老技師靜靜地檢查所有的觀測機，然後對布達利說：

「你覺得這座山再過幾天就會噴發呢？」

「不到一個月吧！」

「是不到一個月，也不到十天了。如果不趕快想辦法，後果不堪設想。我認為這座山面海的地方，那個位置是最脆弱的。」老技師指著山腹的山谷上方那塊淡綠色的草地。雲朵的影子正靜靜地滑過那片綠。

「那裏的熔岩層只有二層。剩下的是柔軟的火山灰和火山礫層。而且那裏有牧場開拓的道路，搬運材料也不成問題。我現在就去申請工作隊。」

老技師趕忙發信給總局。就在這時，腳下傳來悶悶的輕微聲響，觀測小屋嘎吱嘎吱地晃了一會兒。老技師離開了機器。

「局裏會馬上派出工作隊。雖然說是工作隊，但其實有一半算是敢死隊。我到目前為止，還沒接觸過如此接近危險的工作。」

「十天之內來得及嗎？」

「應該沒問題。花三天裝置之後，從山姆托利市的發電所拉電線過來要花五天左右吧。」

技師一邊屈指計算一邊思考，過了一會兒才總算安下心來說：

「總之布達利，我們先來喝杯茶吧！別浪費了這麼好的景色。」

布達利點燃帶來的酒精燈，開始煮水泡茶。天空的雲層漸漸變厚，或許是太陽西沉的緣故，海變成了寂寞的灰色，層層的白色波浪不斷往火山邊拍打。

布達利突然在眼前看見一艘似曾相識、形狀怪異的小飛行船正在飛行。老技師也跳了起來。

「啊，克保也來了。」布達利也跟著跑出小屋。飛行船降落在小屋左邊的大岩壁上，身材高大的克保大博士從船裏輕巧地跳下來。博士先在那邊的岩壁上尋找較大的裂縫，好不容易找到之後，便急忙旋上螺絲綁上飛行船。

「來跟你討杯茶喝，情況如何？」大博士笑著說。老技師回答：

「還好啦！不過岩石好像已經開始掉落了。」

說時遲那時快，山突然發怒似地發出吼聲，布達利覺得眼前變得一片綠。山繼續隆隆地搖動。只見克保大博士和老技師都蹲下來抱著岩塊，飛行船也順著巨大的波動，像船一般地慢慢晃動著。

地震終於停下來，克保大博士急忙起身跑進小屋去。屋裏頭的茶翻了，酒精燈還發著藍色的火燄。他仔細檢查過機器，然後開始和老技師聊起來。最後他說：

「無論如何，明年一定要蓋完全部的潮汐發電所才行。只要一切順利，下次再遇到像這次的情況就可以在當天開始工作，布達利所說的泥沼田的肥料也就唾手可得了。」

「就再也不用怕乾旱了。」班奈老技師也說。布達利心中熱血奔騰，想一路奔舞到山上。

這時候山劇烈地晃動，布達利被拋甩到地上。大博士說：

「來了來了！這下子連山姆托利市都可以感受到了。」

老技師則說：

「現在這個地震是從我們腳底下，往北約一公里的地表下方七百米左右的地方，相當於這間小屋六十、七十倍大的岩塊掉到熔岩中所造成的。不過我們必須趕在瓦斯把岩石的最外層彈飛掉之前，讓那岩塊自己熔成碎片不可。」

大博士想了一會兒說：「對了，我先告辭了。」之後便衝出小屋，又迅速地乘上船。

老技師和布達利目送大博士用燈光閃爍兩三下打招呼，並看著它繞過山頭遠遠離去後，才再度回到小屋，兩人輪流觀測和睡覺。清晨，工作隊來到山腳下，老技師讓布達利一人留守在小屋，自己則來到昨天說的那塊草地。當風由下往上吹時，大家的聲音和鐵製器材相互碰撞的聲響，彷彿可以用手捉住一般地聽得一清二楚。班奈技師不斷地告知那方工作進度，也順便詢問瓦斯壓力和山形狀的變化。接下來的三天裏，劇烈的地震和地鳴不斷，布達利和山腳下的人連睡覺的時間都沒有。第四天的午後，老技師的電報上這麼說：

「布達利，準備已全部完成，現在馬上下山。觀測機器全數檢查過後放在原地即可，圖表要全部帶過來，因為那個小屋在今天下午即將消失。」

布達利照著指示做完後便下山。之前放在局裏倉庫的巨大鐵架，被拿來架成高台，各式各樣的機器只要通上電流就可以馬上開始動作。班奈技師的雙頰塌陷，工作隊個個都臉色蒼白，只剩目光還閃爍著，即使如此大家還是笑著和布達利打招呼。老技師說：

「該離開這裡了，大家準備一下就上車吧！」大家趕緊分別搭上二十輛汽車。車子呈一直線前進，通過山腳下便迅速開入山姆托利市。到了火山和市區的正中央時，技師停下了車子。

「就在這裏搭帳篷，然後大家一起睡吧！」

大家一句話也沒說，就照著老技師說的全倒在地上睡著了。

那個午後，老技師放下電話後大叫。

「電線接通了。布達利，我們開始吧！」老技師插上電源。布達利等人走出帳篷外，望著山姆托利的中央地帶。原野上的白色百合開了滿地，聳立在前方的山姆托利則是充滿綠意。

突然，山姆托利的左下邊開始晃動，黑壓壓的煙霧開始出現，直直地往空中上昇，變成奇怪的蘑菇形狀。底下閃耀地流出金黃色的熔岩，然後迅速地呈扇形散開，一邊流入大海。地面突然劇烈搖晃起來，整片的百合花也跟著搖晃，接下來一聲轟然巨響，大家全被震倒在地。然後吹來了陣陣的風。

「成功了！成功了！」大家興奮地指著那大聲歡呼。這時的山姆托利的煙霧就像崩塌似地，在空中整片擴散開來。天空立刻暗了下來，熾熱的小石子啪啦啪啦地掉下。大家都躲到帳篷裏擔心地看著，班奈技師看著錶一邊說：

「布達利，進行得很順利。已經完全沒有危險了，市區那邊應該只會掉些火山灰。」果然小石子逐漸變成火山灰，不久後灰也越來越少。大家又再度跑到帳篷外面來。原野變成一整片的鼠灰色，灰積了一吋高左右，白合花全被壓著埋在火山灰裡，天空詭異地呈現綠色。山姆托利的山腳下多了顆小腫包，灰色的煙從那再度不斷湧出。

那天傍晚，大家踏著灰燼和小石子再度往山上爬，裝設上新的觀測機器後才離開。

七、雲海

之後的四年內，就如克保大博士計畫的一樣，沿著伊哈德布海岸總共新配置了兩百個潮汐發電所。伊哈德布周圍的火山上，也陸續地建蓋了許多漆白的鐵製高台和觀測小屋。

布達利成為了一個優秀的技師，一年內有大半時間都在火山之間奔波。觀測有噴發危險的火山，是他主要的工作內容。

隔年春天，伊哈德布的火山局在各村莊、街道張貼了這張海報。

「即將進行氮肥噴灑。

今年夏天，硝酸阿摩尼亞將和雨一起下到各位的泥沼田和蔬菜田裡。因此使用肥料的時候請將這部份一併計入，份量是每平方公尺一百二十公斤。

也會稍微下一點雨。乾旱的時候，至少會有讓作物不枯死的雨量，所以害怕沒有水而不敢耕作泥沼田的大家，今年請不用擔心，安心地播種吧。」

那年的六月，布達利在伊哈德布正中央的伊哈德布火山山頂上的小屋裏。底下是一片灰色的雲海。遠遠地看來伊哈德布的火山山頂，就如同一個黑色的小島一般地凸出。雲層的正上方有隻飛行船，船尾噴出白煙，像是搭橋似地飛繞過一個又一個山峰。那些煙霧隨時間過去，變得越來越粗大，接著便緩緩降到雲海裏。過不久，一片雲海化成發著微微白光的大網，蓋過一山又一山。飛行船總算收起白煙，像是打招呼似地畫著圈，最後竟然船頭朝下，逐漸沉入雲層之中。

電話突然響起，是班奈技師的聲音。

「飛行船現在回來了，底下已經準備就緒。雨還是下個不停，應該差不多了。開始吧！」

布達利壓下按鈕，剛剛的煙霧綢發出美麗的桃紅色、藍色和紫色的閃閃光芒，耀眼地一明一滅閃耀著，布達利沉醉地望著這情景。太陽緩緩西沉，雲海上的亮光也熄滅之後，已無法分辯是灰色還是老鼠色了。

電話響起。

「硝酸阿摩尼亞已經加到雨裡面了，量也剛剛好，移動的情況也很不錯。再持續噴灑四個小時之後，這地方這個月應該會很豐收！繼續下去吧！」

布達利高興得想起身亂跳。

在雲團底下，以前那個紅鬍子主人，以及隔壁問石油是否會變成肥料的那個人，大家都正興奮地聽著雨聲。然後隔天一早，他們將會把眼前綠油油的歐利薩放在手上撫摸吧。就像做夢般地，望著雲團變暗，再散發出美麗的光芒。短暫的夏季夜晚已經要進入尾聲，在電光之間，東方的雲海盡頭是一片昏暗的黃色。

月亮要出來了。碩大的黃色月亮悄悄昇上來，雲層散發藍光的時候突然詭異地變得蒼白，發出桃紅光時彷彿就像在笑一樣。布達利已經忘了自己是誰、剛剛在做什麼，就這樣呆呆地望著這情景。

電話在這時又響起。

「這邊打了很大的雷！網子好像全破了。打太多雷的話，明天會被報紙批評的，再十分鐘左右就可以結束了。」布達利放下話筒仔細聆聽。雲海到處噗吱噗吱地悶響著，他仔細聽之後發現那是斷斷續續的打雷聲。

布達利切掉了電源。只剩下月光的雲海，就這樣靜靜地往北流去。布達利用毯子包住身體，沉沉地睡去。

八、秋

或許有部分是因為氣候的關係，那年的農穫是過去這十年以來最好的，火山局也收到來自各地的感謝狀和鼓勵打氣的信。布達利第一次真正感受到自己有生存的價值。

有一天，布達利正從一座叫達奇納的火山回來，經過已採收完畢、空無一物的泥沼田中的小村莊。因為剛好是中午時分，他想買個麵包吃，便來到一間賣雜貨和零食的店。

「有賣麵包嗎？」布達利開口問道。

店裏有三個打赤腳的人，個個正紅著一雙眼喝著酒，其中一人站了起來回答。

「麵包是有啦！不過是不能吃的麵包，活像塊石板。」這句奇怪的話一出口，所有的人全看著布達利哄堂大笑起來。他不高興地轉身往店外走去，前面走來一個理平頭的高個子男人，他突然開口說道：

「喂！你就是用電讓今年夏天下肥料雨的布達利吧！」

「是的。」布達利若無其事地回答。那男人忽然大聲叫起來。

「火山局的布達利來囉！大家趕快過來。」

這一喊，七、八個農民笑著從屋子和那邊的田裏聚集過來。

「你這個渾蛋，託你的福，我家的歐利薩全死了。幹嘛去搞出這種事來啊！」其中一人說道。

布達利靜靜地說：「死了？你們沒看到春天的時候貼出去的公告嗎？」

「說什麼啊這個傢伙！」突然衝出一個人打落了布達利的帽子。接著所有人全一擁而上，對布達利又踢又打。布達利終於失去知覺不支倒地。

醒來時，布達利發現自己正躺在某個醫院的白色病床上，枕頭旁有慰問的電報以及許多的信件。布達利的體內又痛又熱，完全無法動彈。但在過了一個禮拜之後，布達利便恢復健康了。他從報紙上得知，這次的事件是因為農業技師教錯了肥料的用法，把歐利薩的枯死全歸咎於火山局所造成的。讀完後，他獨自大笑了起來。

隔天下午，醫院的雜工走進來說：「有位叫奈莉的婦人來探病了。」布達利還以為自己在做夢，不久便有個曬得黑黑的農婦模樣的人，畏畏縮縮地從外面走進來。雖然變得跟之前不太一樣，但她的確是當年在森林裏被人帶走的奈莉。兩人間經過短暫的沉默後，布達利終於開口詢問了那之後的情形，奈莉慢慢地用伊哈德布農民的方言敘述了這段期間的事。那個帶走奈莉的男子在三天後便覺得麻煩，把她一個人丟在某個小牧場就走了。

奈莉在那裏邊走邊哭，牧場主人見她可憐，便帶她回家幫忙看小孩。漸漸地，奈莉的手腳越來越勤快熟練，最後在三四年前和那牧場的大兒子結婚了。她也說了，以前總要把廄肥大老遠地搬到田裏去，今年因為從天上灑了肥料，可以省卻那麻煩又辛苦的差事。不但附近的蕪菁田全都施上肥料，連遠處的玉米也長得很好，全家人都非常地高興。奈莉又說，她和先生曾數次回到森林中，卻見到屋子已經毀壞，布達利也不見蹤影，每次總是失望難過地回來，恰巧昨天先生看到布達利受傷的新聞，總算才能在這裏相見。

布達利與奈莉約定好，等傷好後一定登門拜訪以表達謝意，然後送走了她。

九、卡爾波那德島

之後的五年，布達利過得十分快樂。也到紅鬍子主人的家道過好幾次謝。主人雖然年歲已大，精神還是相當好。這回他養了一千多隻長毛兔，栽種一堆紅甘藍田。雖然依舊有著冒險的精神，但生活看起來過得比之前好。

奈莉生了個可愛的男孩子。冬天農閒時，奈莉總會把那孩子打扮成像個小農民的模樣，和先生一起到布達利家中過夜。

有一天，以前和布達利一起被養蠶的男人雇用的人來找布達利，他告訴布達利他們父親的墳在森林最盡頭的大棕櫚樹下。最初是養蠶人到森林中查看樹木的時候，發現他冰冷的身體。為了不讓布達利知道，他便迅速用土掩埋，並在上面插了根樺木的樹枝。布達利立刻帶奈莉他們趕過去，他們重新立了白色石灰岩墓碑，之後每當來到附近總會過來看看。

那年，布達利正好二十七歲，那個可怕的寒冷天氣彷彿又將再度來臨。氣候觀測所根據太陽的狀況以及北方大海的冰層變化，在當年的二月向大家做出這個預報。漸漸地預測開始成真，辛夷的花不開了，五月裏有十天是雨雪交加的天氣，大家想起了之前的歉收，連生存下去的勇氣都沒了。克保大博士也常常和氣象或農業的技師們討論，並在報紙上提出建議，但似乎也沒法解決這次的嚴寒。

到了六月初，看到還是黃黃的歐利薩幼苗以及還未萌芽的樹木，布達利已經無法再忍受了。如果就這樣不管，不僅是森林和原野會遭殃，還會因此出現許多和當年布達利一家同樣下場的人們。布達利不吃不喝地思考了好幾晚。

一天晚上，布達利來到克保大博士的家中。

「老師，大氣層裏的二氧化碳增多，就會讓氣候變得暖和嗎？」

「應該是吧！地球從形成至今的溫度，可說大都是取決於空氣中的二氧化碳的量。」

「如果卡爾波那德火山島現在爆發的話，應該會噴出足夠改變這天候的二氧化碳吧！」

「這事我也考慮過。如果真的現在爆發，二氧化碳將馬上捲入大循環上層的風中，把整個地球團團包住。這麼一來，就可以防止下層空氣和地表的熱氣散發，地球整體的平均溫度將可上昇五度左右。」

「老師，我們可以讓它現在就爆發嗎？」

「應該可以。不過，參與這工作的最後一個人，無論如何都逃不了啊！」

「老師，這件事就交給我吧！請老師無論如何要取得班奈老師的許可。」

「不行。你還這麼年輕，也沒有人可以替代你目前的工作。」

「之後還會出現許多像我這樣的人。那些比我更有能力、什麼都做得到的人，會比我更厲害、更美好，一邊工作一邊笑著的。」

「這事我不答應。你去找班奈技師商量吧！」

布達利回來後，又去找班奈技師商量，技師點點頭。

「這方法可行。不過得由我去做。我今年已經六十三歲了。這樣的死法也算是死而無憾。」

「不過老師，這事還有許多的變數存在。即使順利爆發了，爆發的氣體也有可能會馬上被雨水給吸收了也說不定，事情可能沒辦法像預期中進行啊！要是老師這次去了，之後的善後工作不是沒有著落嗎？」

老技師低頭不語。

三天後，火山局的船隻迅速地駛向卡爾波那德島。島上架設好許多的高台，電線也全連上了。

全部都準備好之後，布達利讓船送走大家，獨自一個人留在島上。

隔天，伊哈德布的人們看見藍天裏混著綠，太陽和月亮也變成了棕褐色。

三、四天過後，天氣迅速地回暖，那年的秋收幾乎跟平常的水準一樣。於是，就如故事開端所描述的一樣，好多個布達利的父母，和好多個布達利、奈莉一起，在溫暖的食物和明亮的柴火陪伴下，得以渡過一個幸福的冬天。

雁童子

雁の童子

「誰都不要獨自一個人離開到任何地方去好嗎？」

「嗯，那就不要去吧。」

「誰もね、ひとりで離れてどこへも行かないでいいのでしょうか。」

「うん。それは行かないでいいだろう。」

流沙之南，楊柳環繞的泉水邊，我正把麵粉和著水，準備著我的午餐。

這時候，一個正在做聖地巡禮中的老先生，也因為要吃飯的關係，來到泉水邊。我們安靜地和對方輕輕地點頭示好。

不過在這樣大半天也遇不到一個人的旅行中，我即使吃完飯了，也不想馬上離開泉水邊，或是跟這個年老的朝拜者告別。

我漫不經心地看著老人那突出而不斷移動的喉結好一會兒，想要跟他說些什麼，卻因為對方過於安靜，倒讓我覺得有點拘束。

就在這時，我突然發現泉水後面竟然有間小祠堂。它相當小巧，彷彿可以被地理學家或探險家馬上當標本帶走一般，但外觀卻是全新的黃紅二色塗漆，怎麼看都覺得有些怪異的模樣，堂前還簡陋地插著一根旗子。

眼看老人就快用完餐，我開口問道：

「不好意思想請問一下，那祠堂供奉的是誰？」

那老人似乎想跟我說些什麼似的，默默地點了二、三次頭，好不容易吞下口中食物後，才低聲說道：

「……童子。」

「童子是指誰呢？」

「是所謂的雁童子。」老人收起餐盒，彎腰捧起泉水，乾淨地漱完口後說：

「所謂的雁童子，大概是之前傳說中的那位，也就是當時在這地方下凡而來的天童子。像這樣的小廟，當時在流沙對面到處都有建造。」

「上天的孩子，下凡了嗎？是因為有罪才被貶下凡嗎？」

「這我也不太清楚，不過這附近大家都這麼說，大概就是這樣吧！」

「是怎麼回事？如果你不趕時間的話，可以說給我聽聽嗎？」

「嗯我不趕時間，我就把我所知道的告訴你吧！」

＊　＊　＊

沙車（註）有一個叫須利耶圭的人。據說是個名門，但因為家道中落，便和妻子二人以自己長久以來的寫經工作和妻子織的布維生，靜靜地過日子。

註　沙車：莎車縣，從前的西域國家。現在是中國新疆維吾爾自治區喀什地區的一個縣。

某天黎明，須利耶先生帶著槍和自己的堂弟一起走在原野中。地面是美麗的藍色岩石，天空一片朦朧的白，雪花飄落眼前。

須利耶先生對堂弟這麼說「你也該改掉這種娛樂性質的殺生了吧！」。

然而堂弟卻是一臉的冷淡，說自己無法改掉。

「你真是個殘酷的人，你知道你傷害、殺害的是什麼東西嗎？不管是什麼生物，都只是生命的悲歌啊！」須利耶一再地勸說。

「或許是這樣沒有錯！但也可能不是如此。如果真的是這樣只會讓我覺得更加有趣。哎，你就別再說這些掃興的話了，這不都是些以前和尚在說的話嗎？你看，雁就要飛過去了，看我如何阻止牠們……」堂弟架好槍，快步地跑掉後不見蹤影。

須利耶先生站著凝望前面那個巨大的黑雁群。

就在這時，突然從前方射來一發尖頭的黑色子彈，射中了隊伍最前面那隻雁的胸口。

雁搖晃了幾下，身體漸漸地燃起火來，伴隨著非常悲慘的哀叫聲，從天上掉落了下來。

子彈再度昇空，射穿下一隻雁的胸。儘管如此，卻未見任何一隻雁逃跑。

反倒是泣訴的叫聲，隨著落地的雁而起。

第三發子彈昇空，

第四發子彈也昇空了。

六發子彈傷了六隻雁。一個晚上下來，只剩一隻小雁毫髮無傷。起火燃燒尖叫著的那六隻，一邊掙扎著由空中掉落，最後的一隻則在哭泣，但是雁的固定行列是永遠都不會亂掉的。

這時讓須利耶先生吃驚的是，不知何時所有的雁全部化成在空中飛的人形。

五個人被紅色火燄纏身，手腳亂舞慘叫連連地掉落下來。而最後剩下的正是那個毫髮無傷且惹人憐愛的天的孩子。

須利耶先生確定自己見過這孩子。第一個人就要掉落在地面，他是位白鬚老人，倒地後繼續燃燒。他將骨瘦嶙峋的雙手合十，對著須利耶先生祈求似地哀傷叫著。

「須利耶先生，須利耶先生，求求你了！請帶走我的孫子。」

當然，須利耶先生馬上就跑過來說：

「我會的，我會的，我一定會照顧他。但是你們到底是怎麼一回事？」

一隻接著一隻的雁紛紛落入地面燃燒起來，有的化身為男人，也有化身為配戴著瓔珞的美麗女子。那女子被包圍在烈紅的火燄中，一面把手伸向那個小孩，孩子哭著在周圍亂跑。

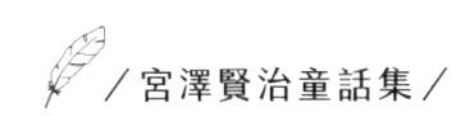

雁老人又再度懇求：

「我們都是是上天的親族，因違反天規至今一直以雁形示人，如今果報已了。我們即將返回天上。只是我這唯一的孫子還無法回去，因為他與你還有緣分，還請你把他當成自己的孩子養育，拜託你了。」

須利耶先生說：「好的，我完全明白了。我會好好照顧他的，請安心去吧！」

老人磨擦著雙手、把頭垂至地面。他已燃燒成灰燼，影子和人形都不見了。須利耶先生和堂弟就這樣手拿著槍，呆呆地站了好一會兒，兩人還以為是不是一起做了一場夢，但根據堂弟的說法，槍管仍是熱的，子彈也的確減少了，那些人剛剛跪過的地方，草也確實都倒了。

那童子還站在那裏。須利耶先生回過神來，對著他說：

「從今天開始，你就是我的孩子。不要再哭了，你媽媽和哥哥們都到一個極樂的國度去了。來，走吧！」

須利耶先生回到自己的家。途中，原野上的藍色岩石一片寂靜，孩子哭著跟在他後頭。

須利耶先生和妻子花了三、四天的時間，思考要為他取什麼名字好。在這段期間中，這件事居然傳遍整個沙車，大家都稱那孩子為雁童子，須利耶先生無可奈何，只好也跟著這麼叫。

＊　＊　＊

巡禮朝拜的老人有點喘不過氣。我一邊望著腳底的小青苔，腦中突然清晰地浮現那些詭異地從空中掉落、被紅色火燄團團包住、悲慘地燃燒的人們的身影。老人看了我一下，又繼續說故事。

＊　＊　＊

沙車的春末，原野上一大片楊柳花絮發著光飄散著。遠方的冰山發出白得令人無法言語的刺眼光芒，攀附著日光照射過來。果樹微微地晃動，雲雀在空中造出清透的波紋。童子轉眼間已長至六歲，在春天某個傍晚，須利耶先生帶著雁童子走過小鎮。黑影般的蝙蝠，紛紛飛過葡萄色的厚重雲層下。

孩子們在長長的棒子上綁上繩子，在後面追趕著。

「是雁童子！是雁童子！」

孩子們丟掉棒子，手牽著手繞著須利耶先生父子圍成個大圈。

須利耶先生笑著應對，孩子們繼續同聲地喧嘩。

「雁之子，雁之子的雁童子，從空中掉給了須利耶。」

大家異口同聲地唱。但是其中的一個孩子突然開起玩笑地說，

「被雁丟棄的孩子、被雁丟棄的孩子，春天來了你還會在嗎？」

大家哄笑起來，突然不知怎麼地，一顆小石子往童子的臉頰砸過來。須利耶先生護住童子，對大家說道：

「你們在做什麼？這孩子有做什麼壞事嗎！就算是開玩笑也不可以亂丟石子！」

孩子們吵鬧著一個個走過來跟童子道歉、慰問。有個孩子從衣袋中拿出無花果乾遞給童子。

童子從頭至尾始終都是笑嘻嘻的。須利耶先生也露出笑容原諒大家，接著就帶著童子離開。

在淺黃瑪瑙色的靜謐黃昏中，須利耶說話了

「你剛剛都沒有哭耶！」

這時候，童子靠在父親身上回答：

「父親，我以前的爺爺身上可是有七個子彈啊！」

＊＊＊

朝拜的老人看了我。

我也抬頭望著老人濕潤的雙眼。他又接著說。

＊＊＊

某個晚上，童子一直無法入睡，在床上翻來覆去，他說：

「母親，我睡不著。」

須利耶太太於是起身靜靜地撫摸著他的頭，童子的腦袋已十分疲倦，就像是片白色的網子，微微地顫動。他的腦中浮現出一個紅色的大月牙，長滿像紫萁嫩芽的東西，還有四角形柔軟又奇怪的白色東西，慢慢地擴大成令人害怕的箱子。母親因為他額頭上過高的體溫而擔心不已。須利耶先生闔上還沒完成的經文站起來，然後背起童子，用紅色的皮帶綁好，背著他走出家門。

車站前的每戶人家都早已關上大門，星空下只見一排排黑漆漆的房屋。這時候，童子忽然聽見水流聲。他想了想便開口問：

「父親，水在晚上也會流嗎？」

須利耶先生一邊望著從沙漠那頭昇起的藍色大星星回答：

「水在晚上也會流啊！不管白天或晚上，只要不是在平地上，水都會一直一直流下去的。」

童子的腦部突然完全安靜下來，接著便唸著要早點回到母親身邊。

「父親，我們回家吧！」說著便直拉著須利耶先生的袖子要回家。二人回到家中，母親迎向他們，就在她關門上鎖的時候，童子不知何時早已爬上自己的床，連衣服都沒換就沉沉地睡去。

還有過像這樣的事。

有一天，須利耶先生和童子一起坐在餐桌前。餐桌上有兩尾用蜂蜜煮成的鯽魚。須利耶的太太把一尾放在須利耶先生面前，另一尾則給了童子。

「我不想吃啊！母親。」童子說道。

「很好吃喔！來，把筷子給我。」

須利耶的太太接過童子的筷子，把魚弄成一小塊一小塊，

「來，快吃，很好吃喔！」要他快點吃看看。母親幫他弄魚的時候，童子一直盯著她的側面看。他突覺胸口一緊，一種滿懷歉意的悲傷情緒油然而生，讓他再也無法忍受。他忽然站起來，像顆子彈般地衝出門去。然後仰望著佈滿朵朵白雲的天空，大聲地哭出來。到底是怎麼啦？這舉動把須利耶的太太給嚇壞了。

「去看看怎麼回事吧！」須利耶先生也十分擔心。於是須利耶的太太往門外一看，只見童子已停止哭泣展露出笑容來。

又有一次，須利耶先生帶著童子經過馬市，正巧看見一匹小馬在喝著奶。穿著黑色粗布衣的馬商人走向前來，把小馬拉開和另一匹小馬綁在一起，然後二話不說地拉著就要走。母馬嚇了一跳，大聲地叫著。然而小馬還是被用力地拖走了。在前方的轉角處正準備轉彎時，小馬突然舉起一隻後腳，趕走停在腹部的蒼蠅。

童子瞄了母馬茶褐色的瞳孔一眼，突然靠著須利耶先生哭了起來。但是須利耶先生並沒有責罵他，只是用自己的衣袖包住童子的頭，過了馬市來到河岸旁的綠草地上，讓童子坐下來，遞給他一顆杏子，然後悄悄地詢問。

「你剛剛為什麼哭呢？」

「父親，因為大家把小馬給硬拉走了。」

「那也是不得已的啊！馬長大了就得單獨工作。」

「那馬還在喝奶啊！」

「那是因為在母馬身旁才會一直這麼撒嬌的。」

「可是父親，大家以後都會在母馬和小馬身上放好多貨物，帶去走在難走而險峻的山路，而且沒有食物的時候還會被殺來吃掉吧！」

須利耶先生裝做若無其事的模樣，要他別再說這種成熟的話，但其實是因為內心有點害怕這個來自上天的孩子才會這麼說。

須利耶先生在童子十二歲時，便讓他進入離家有點距離的首都某個非佛教的書塾就讀。童子的母親則拼命地織著布，為他籌措學費和零用錢。

冬天近了，天山上已是一片雪白，正是桑葉變黃枯萎而沙沙掉落的時候。有一天，童子突然跑回來。母親眼尖地從窗口就發現他，於是朝他走去。須利耶先生裝做毫不知情的模樣，繼續抄寫著經文。

「你今天是怎麼啦？」

「我想跟母親一起工作，所以沒有空唸書了。」

母親邊顧慮著須利耶先生一邊說：

「你又說這種大人話，真是拿你沒辦法。你要快點回去唸書，將來成為有用之人，好為大家服務。」

「可是母親的手變得這麼粗糙！而我的手卻還是一樣。」

「這事不用你來操心。不管是誰只要變老，手就會變粗。比起這個，你還是趕快回去唸書吧！你能成為有用的人，就是我最大的快樂了。要是讓父親知道你可是會被罵的喔！快，快回去吧！」她這麼告訴他。

童子垂頭喪氣地走出庭院。但他還是站在那裏不動，母親只好走出來把他帶到更前面的地方。那裏是沼澤地。母親準備回去時，又再度「快，快回去！」地催促，但童子依然動也不動，只是呆呆地望著家的方向，母親不得已又回過頭，拔起一根蘆葦做成小吹笛放到他手上。

童子總算邁開腳步。遠方寒冷的條紋雲層下，蘆葦沙沙作響，童子的身影終於越來越小。空中忽然傳來翅膀抖動的聲音，一列飛雁劃過天際，須利耶先生從窗口看見這一幕，不自覺地心頭一驚。

開始進入冬天了。度過這嚴寒的冬天後，楊柳的綠芽首先發出溫和的亮光，沙漠上則迴盪著砂糖水般的暖氣流。杏樹和李樹開著白色的花，樹林和草地轉成一片碧綠，差不多也到了玉髓般的雲峰環繞在四周上空的時候。

就在這個時候，沙車小鎮郊外的砂堆中，古老的沙車大寺遺跡出土了。一面牆完整地被挖出，上頭畫著三個天童子，其中一人看來栩栩如生，頗受眾人的讚賞。在某個萬里晴空的好日子，須利耶先生出了城外，到童子老師家百般致謝，並送上粗布三疋，聊了大半天後，便說要帶童子出去走走。

二人走過洶湧的人潮。

須利耶先生一邊走，一邊若無其事地說：

「如何？像今天這樣碧藍的天空，在你們這個年紀，正是準備要往空中展翅飛去的時候吧！」

童子相當鬱悶地回答。

「父親，我不想離開您到任何地方去。」

須利耶先生笑了起來。

「當然。在人生的遠大旅程中，是不能自己一個人飛往遙遠而光明的天空去的。」

「不是的，父親。我根本不想離開這裏。我們誰都不要離開到哪裡去好嗎？」他問了個奇怪的問題。

「誰都不要離開是什麼意思？」

「就是說，誰都不要獨自一個人離開到任何地方去好嗎？」

「嗯，那就不要去吧。」

須利耶先生這樣心不在焉地隨口回答他。

二人接著穿過小鎮的廣場，漸漸地走到郊外。那裏是遍地的塵沙，沙地有一個被深深挖過的地方，許多人站在那裏，二人也跟著走下去。那裏有一面古老的牆，雖然已經褪色，但依然可以清楚看到那上面畫了三個天童子。須利耶先生不由自主地心頭一震，就像有個沉重而巨大的物體，從遙遠的天空正面朝自己壓來一樣。即使如此，他還是不動聲色地說，

「真是漂亮啊，太過於逼真了反而叫人覺得害怕呢。這個天童子長得還蠻像你的。」

須利耶先生轉頭望著童子，童子卻不知為何竟笑倒在地。須利耶先生嚇了一跳，趕忙把他抱起。童子在父親的懷裏，如同囈語般地喃喃自語：

「爺爺來接我了。」

須利耶先生急得大叫起來。

「你怎麼了？你哪裡也不能去！」

童子無力地說著。

「父親，請原諒我，我是您的孩子。這面牆是父親以前畫的。當時我是國王的……，這幅畫完成後，國王就被殺了。我們一起出家後，敵軍來放火燒掉寺院，我換上百姓的服裝躲藏了兩天，在那段時間中我有了喜歡的人，於是便考慮放棄出家的事………」

人群靠了上來，大家異口同聲地叫著：

「雁童子，是雁童子。」

童子的嘴唇再度微動，彷彿說了些什麼，但須利耶先生卻再也聽不見任何聲音。

＊　＊　＊

「我所知道的，就只有這些了。」

朝聖的老人必須走了。我有點依依不捨，便起身雙手合十。

「多謝您為我說出這麼悲壯的故事。我們只是在這片沙漠旁的泉水邊相遇，一起度過如此短暫的時光，但我相信這絕對不是偶然。雖然看來就像是巧遇的兩個旅人，也不知道彼此是誰，但無論如何，往真實所示的光明之道前進，就能抵達無上菩提之境。就此告別了。再見！」

老人靜靜地回了禮。想說些什麼似地，卻又沉默不語地轉過頭，向著我之前走過的荒地，腳步蹣跚地走去。我則對著反方向那片僻靜的石原，雙手合十地邁步向前。

天童子的由來：著名的英國探險家兼考古學家斯坦因，在一九零七年於崑崙山脈北麓的佛教寺院發現了彩色的天使壁畫，據說宮澤賢治是因此得到創作靈感。

蜘蛛、蛞蝓和狸貓

蜘蛛となめくじと狸

「狸貓先生。這樣餓肚子也沒有其他方法了，只能等死了。」

「狸さま。こうひもじくては全く仕方ございません。もう死ぬだけでございます。」

蜘蛛、銀色的蛞蝓、和從那時起就沒洗過臉的貍貓，大家都是優秀的選手。

不過到底是什麼選手，我也不知道。

根據山貓所說，他們三人可真的都是認真在比賽。

究竟是比些什麼呢？我不曾看過三人並列在一起比賽，也沒聽過他們在學校的考試上爭第一、二、三名。

那麼到底是什麼樣的比賽呢？蜘蛛的手和腳都又紅又長，胸前有個「南沛」的蜘蛛文字記號，蛞蝓則總是穿著一雙銀色的橡皮鞋。至於貍貓呢，頭上戴的是有點破舊的運動帽。

總之，他們三個人都死了。

蜘蛛死於蜘蛛曆三千八百年的五月，銀色的蛞蝓是隔年，貍貓的死則是再下一年的事。

就讓我們來看看這三個人的生平傳記吧！

一、紅色手長的蜘蛛

關於蜘蛛的生平，我知道的只有他最後的那一年。

蜘蛛住在森林入口的橡樹上，他是在某個夜晚不知從哪兒被風一下吹過來掛著的。蜘蛛忍著餓，想趁著月光趕快把網織好。

但是因為實在太餓了，肚子裏連絲也吐不出來了。

蜘蛛還是說著「再努力、再努力！」拼命地擠出絲來，最後結成一個二錢銅幣（註）大小的小網。

在天將亮時，遠處終於有隻蚊子嗡嗡地飛過來，黏在網子上。可惜那網是在蜘蛛飢腸轆轆時結的，蜘蛛絲一點黏性都沒有，蚊子馬上把網給扯破正準備逃走。

蜘蛛像發瘋似地，從葉片背後跳出來張大口要吃掉蚊子。

蚊子可憐兮兮地哭了起來：「對不起、對不起、真的對不起。」蜘蛛只是一言不發地，把他從頭、翅膀一直到腳，全都吃得一乾二淨。他呼出一口氣，望著天空、手撫著肚皮呆了半晌，然後繼續吐出一些絲來。這次的網比之前的大上一倍。

蜘蛛又回到葉片後躲著，六隻眼睛閃閃發亮地盯著蜘蛛網。

「這裏是哪裏啊？」瞎眼的蜉蝣拄著枴杖過來。

「這裏是旅館喔！」蜘蛛不斷地分別眨著六隻眼說。

註　二錢銅幣：直徑約三公分

蜉蝣直喊累地在蜘蛛網上坐下，蜘蛛走出來說「來喝點茶吧！」便往蜉蝣的身體用力咬下去。

蜉蝣正準備接過茶水而伸出的手在空中慌亂地掙扎，他唱著悲傷的歌聲：

「我可憐的女兒，妳要是知道父親在旅途中死去……」

「喂！吵死了。別亂動！」蜘蛛說。

蜉蝣突然雙手合十地請求說「請大發慈悲。給我一點時間讓我說遺言吧！」

蜘蛛也起了惻隱之心，「好吧，快點說一說。」說完便抓著蜉蝣的腳等著。

蜉蝣用哀傷又細小的聲音把歌從頭再唱一遍。

「我可憐的女兒，妳要是知道父親在旅途中死去，

小手將戴上白色護手，在哀傷的巡禮雨中。

在妳挨家挨戶的謝恩、答謝時，

千萬別去碰、也別靠近這殘暴無道的蜘蛛網！」

「講什麼討人厭的話！」蜘蛛一口氣便把蜉蝣給吞了。然後他望著天空一會兒，摸摸肚皮眨眨眼，

「千萬別說些令人氣惱的話喲！」嘴裏胡亂哼著歌又開始吐絲。

這次結成的網比原來的大三倍，已經稱得上是漂亮的蜘蛛巢穴了。蜘蛛鬆了一口氣，再度躲進樹葉後面。這時，他聽到了從下方傳來的美妙歌聲。

「紅色的長腳蜘蛛，

攀登在靠近天的地方，

吐出光滑閃亮的絲，結成一張亮晶晶的蜘蛛網。」

一看原來是隻美麗的母蜘蛛。

「來這坐坐吧！」長腳蜘蛛說著便丟下一根絲。

母蜘蛛馬上抓住那根絲爬上來，二人後來結成一對夫婦。蜘蛛網中每天都會網住許多的食物，所以蜘蛛太太吃了很多之後給了自己的寶寶。他們生了許多的孩子。不過因為孩子們太小，看起來幾乎是完全透明的模樣。

孩子們在網上溜滑梯、玩相撲、盪鞦韆，好不熱鬧。有一天蜻蜓來找蜘蛛，轉達大家希望他擔任這次小蟲大會的顧問一事。

有一天，蜘蛛夫婦躲在葉片下喝茶時，聽見下方傳來流暢的歌聲。

「紅色的長腳蜘蛛，生了二百隻小蜘蛛，眼屎、斑點、蚊子的淚珠，大的則像是顆麥粒。」

低頭一看，原來是一隻銀色的大蛞蝓。蜘蛛太太氣死了，傷心地哭得像著了火似地。

但是長腳蜘蛛卻說話了。

「哼！那傢伙最近嫉妒死我了。喂！蛞蝓！我這回可是要擔任小蟲大會的顧問喔。嘿！不甘心嗎？嘿！你就是再怎麼拼命，也辦不到的。嘿嘿嘿……」

蛞蝓非常地不甘心，不久居然發起高燒，

「嗚……你這隻死蜘蛛，竟然這麼污辱我。嗚……可惡的蜘蛛。」

蜘蛛網有時會被風吹垮，或是被流氓甲蟲破壞，但蜘蛛總能迅速地吐出絲把它修好。

二百隻小蜘蛛竟然有一百九十八隻被螞蟻搬走、失蹤或患上痢疾而死掉。

不過這些小蜘蛛們因為彼此長相都很相似，所以蜘蛛爸爸、蜘蛛媽媽馬上就忘了喪子的傷痛。

如今蜘蛛網更是結實漂亮，小蟲們一隻接著一隻地被網住。

有一天，蜘蛛夫婦又躲在葉片下喝茶時，一隻旅行中的蚊子往這裏飛來，他看見前方的網，慌慌張張掉回頭離去。

就在這時下方突然傳來「哇哈哈！」的笑聲，接著聽見一個渾厚的歌聲。

「紅色的長腳蜘蛛，網搭得實在太差勁，

連旅行了八千二百里的蚊子，也嗚嗚地掉頭就走。」

低頭一看，原來是那從不洗臉的狸貓。蜘蛛氣得咬牙切齒地說道。

「你說什麼！死狸貓！總有一天，我一定要讓你對我心服口服。」

從此以後，蜘蛛開始拼命地四處張網，連晚上也小心地看守。不過叫人傷腦筋的是食物越積越多，漸漸地腐臭，後來傳染到蜘蛛夫婦和孩子們身上。於是全家人從手腳前端開始慢慢地腐爛發黏，某天終於被雨水給沖走了。

這是發生在蜘蛛曆三千八百年五月的事。

二、銀色的蛞蝓

就當蜘蛛在樹林入口的小橡樹上，張羅著一張二錢銅幣大的網時，蝸牛來到了銀色蛞蝓漂亮的家。

當時的蛞蝓，在林中是出了名的和藹可親。蝸牛說：

「蛞蝓先生，這回我可真的慘了。不但沒有吃的，連水也沒得喝，可以分點你收集的款冬露水給我嗎？」

蛞蝓開口說道。

「當然沒問題囉！來，請喝。」

「謝、謝謝。真是得救了。」蝸牛邊說邊大口地吞下款冬露水。

「再多喝點啊，我和你就跟兄弟一樣，哈哈哈。來，再喝點。」蛞蝓說。

「既然如此，我就再喝一點。謝、謝謝你。」說著，蝸牛又再喝了點。

「蝸牛兄，如果精神恢復了，就跟我來場相撲吧！哈哈哈，好久沒玩了。」蛞蝓愉快地說。

「但是我肚子餓得沒力氣。」蝸牛回答說。

「那麼，就給你一點吃的東西。來，快吃吧！」蛞蝓拿出一些薊苗之類的東西。

「謝謝你。那我就不客氣囉！」蝸牛一邊說一邊把它吃掉。

「來玩相撲吧！哈哈哈。」看蛞蝓早已擺好架勢，蝸牛不得已也只好站起來，

「我身子實在是孿弱的，請不要太用力扔我。」

「好！來吧！哈哈哈。」蝸牛被狠狠地丟了出去。

「再來一次吧！哈哈哈。」

「我好累，不行了。」

「再玩一次嘛！哈哈哈。去吧！哈哈哈。」蝸牛又被用力地丟出去。

「再來一次吧！哈哈哈。」

「我真的不行了。」

「哎，再一次嘛！哈哈哈。看招！哈哈哈。」蝸牛再度被狠狠拋出去。

「再玩一次吧！哈哈哈。」

「不行了。」

「哎，再一次嘛！哈哈哈。嘿咻！哈哈哈。」蝸牛又被用力丟出去。

「再來一次吧！哈哈哈。」

「我要死掉了。永別了。」

「再一次啦。哈哈哈。來，站起來，我扶你起來。嘿咻！看我的！嘿嘿嘿。」

蝸牛死掉了。銀色蛞蝓很快地把蝸牛吃個精光。

又過了差不多一個月，蜥蜴拖著跛腳來到蛞蝓漂亮的家中。

「蛞蝓先生，你好。可以給我一點藥嗎？」蜥蜴說。

「你怎麼啦？」蛞蝓笑容可掬地問道。

「我被蛇咬了。」蜥蜴回答。

「那就難怪了。我來替你舔一下傷口吧！馬上就會好的喔！哈哈哈。」蛞蝓笑著說。

「那就拜託你了。」蜥蜴伸出自己的腿。

「當然，包在我身上吧！我們是好兄弟嘛！哈哈哈。」蛞蝓說。

接著，蛞蝓便把嘴湊近蜥蜴的傷口。

「謝謝你，蛞蝓先生。」蜥蜴滿心感激。

「不再多舔幾下可不行，等到下次可就好不了。哈哈哈。」蛞蝓含糊不清地說著，卻不曾停止吸舔蜥蜴的動作。

「蛞蝓先生，我的腳好像溶掉了欸！」蜥蜴嚇得臉色發白地說。

「哈哈哈。說什麼傻話，沒有這麼誇張啦！哈哈哈。」蛞蝓還是含含糊糊地答著。

「蛞蝓先生，我肚子不知怎地熱起來了！」蜥蜴擔心地說。

「哈哈哈。不會啦。哈哈哈。」蛞蝓還是含含糊糊地回答。

「蛞蝓先生，我的身體好像溶掉一半了，拜託你停下來。」蜥蜴用哭泣的聲音說。

「哈哈哈。沒這麼嚴重啦！真的再一下下就好了。再一點五公分就好了。哈哈哈。」蛞蝓說。

聽到這裏，蜥蜴總算安下心來，但在這時心臟也溶掉了。

然後蛞蝓一口吞下蜥蜴，身體變得不可置信地大。因為變得太過高大，蛞蝓高興得過頭，打算去逗弄那隻蜘蛛。

沒想到反被蜘蛛反咬一口，發了熱病。不只如此，蛞蝓的名聲也開始每況愈下。

蛞蝓總是整天笑嘻嘻，說話也十分流暢，但似乎就是心地不夠好，反被蜘蛛等人說他是個壞胚子，從此便受到眾人的輕視。尤其是狸貓，每次一說到蛞蝓，總是不懷好意地笑道：

「蛞蝓這下可糟了！幹的蠢事全被看透啦！」

蛞蝓聽到這話，氣得病情更加嚴重了。因為前些時候蜘蛛腐爛被雨水沖走的事，蛞蝓心裏才多少好過些。

隔年的某一天，雨蛙來到蛞蝓漂亮的家。雨蛙說：

「蛞蝓先生，你好。可以給我點水喝嗎？」

蛞蝓心中算計著要把這隻雨蛙一口吞下，便拼命裝出親切的模樣。

「蛙先生，請進吧！要喝多少水都沒問題。最近的天氣還真是乾旱，再怎麼說我們也都是好兄弟呀！哈哈哈。」說著便把他帶到水甕邊去。

雨蛙大口大口地吞了好多水後，呆著臉好一會兒才望著蛞蝓說：

「蛞蝓先生，我們來玩個相撲吧！」

蛞蝓正中下懷，心中大喜。自己想說的話居然雨蛙先說了。這沒用的傢伙只要摔它個五回，大概就可以好好享用了。

「來玩吧！嘿咻！看我的。哈哈哈。」雨蛙被拋得老遠。

「再來一次吧！哈哈哈。嘿咻！看招。哈哈哈。」雨蛙又被丟了出去。這時的雨蛙突然慌張起來，從懷裏拿出個鹽袋，

「不在相撲場撒點鹽是不行的！」說著撒出一大把鹽。

蛞蝓說話了。

「雨蛙兄，看來我這次可要輸囉！你其實蠻強的。哈哈哈。嘿咻！看我的。哈哈哈。」

雨蛙又被重重地摔出。

雨蛙手腳攤開，蒼白的肚皮朝天地仰躺在地上，像是死了似的。銀色蛞蝓正準備張開大口地吞下他，正提起腳往前踏去，卻動也動不了。低頭一看，自己的腳已經溶掉大半。

「啊，慘了。是鹽！可惡！」蛞蝓哀叫出聲。

雨蛙一聽，馬上迅速爬起盤腿坐正，張開那張皮箱般的大口哈哈大笑。接著他向蛞蝓行個禮說：

「再見啦！蛞蝓先生。沒想到會遇上這種事。」

蛞蝓語帶哽咽地說「蛙兄。再……」說這話時，舌頭也溶了。雨蛙笑得更厲害。

「想跟我說再見是吧！真的是永別了。通過陰暗的小路到達那邊時，別忘了跟我的胃袋問個好。」說著便一口吞掉了銀色的蛞蝓。

三、不洗臉的狸貓

狸貓是不洗臉的。

而且，他還是故意不洗的。

就當蜘蛛在樹林入口的小橡樹上，搭起一張二錢銅幣大的網時，狸貓正好餓得兩眼昏花，閉著眼睛癱靠在一棵松樹旁。這時突然出現一隻兔子。

「狸貓先生。這樣餓肚子也沒有其他方法了。只能等死了。」

狸貓抓了抓衣領說：

「說得沒錯。大家都活不成了。就如山貓大明神的指示。南無山貓、南無山貓。」

兔子也跟著唸貓起來。

「南無山貓、南無山貓、南無山貓、南無山貓。」

狸貓抓起兔子的手拉向自己這邊。

「南無山貓、南無山貓，大家要遵照山貓大神的指示，南無山貓、南無山貓。」一邊說著一邊咬住兔子的耳朵，兔子嚇得大叫出聲。

「啊，好痛！狸貓先生，你太過份了吧。」

狸貓繼續嚼著兔子的耳朵一邊說，

「南無山貓、南無山貓，大家要遵照山貓大神的指示，南無山貓。」說著說著把兔子的二隻耳朵都吃下去了。

兔子聽到這裏，居然高興得眼淚直流。

「南無山貓、南無山貓。啊，太感謝您了，山貓大神。如果像我這麼可惡的人都能獲救，區區二只耳朵也不算什麼呀！南無山貓。」

狸貓也淚流滿面。

「南無山貓、南無山貓，如果像我如此卑劣的東西都能得救，就算奉上手腳都甘願。啊，感謝山貓大神，大家都願追隨您的指示。」說著又吞下兔子的雙手。

兔子越來越覺得喜樂。

「啊，感謝您，山貓大神。像我這樣一個窩囊廢都能蒙您相助，二隻手也算不了什麼。南無山貓、南無山貓。」

狸貓裝哭得彷彿眼淚要把身體給泡脹一般。

「南無山貓、南無山貓。像我這麼一無是處的人，希望能對您有所幫助。啊，感謝您呀。南無山貓、南無山貓。我願追隨您的指示。嗯、嗯，好吃……」

兔子已經完全失去蹤影。他在狸貓的肚子裏說道：

「真是被你騙慘了。你的肚子裏一片漆黑。啊，真不甘心！」

狸貓惱火地說。

「吵死了！快點消化掉！」

說完狸貓砰砰地拍打著自己的肥肚皮。

之後又過了差不多二個月。有一天，狸貓又在自己家中進行那一套感謝祈求禮時，狼拿了三升米來進奉，希望能求得一些指點。狸貓於是回答：

「大家都是遵照山貓大神的指示啊！你帶來三升的米，讓我為你開示吧！山貓大神真是值得敬愛，兔子已經到他身邊，都當上大臣了。你殺生也不在少數，快點懺悔吧！否則你可要遭受來自山貓大神的莫大責難。啊——好可怕啊！南無山貓、南無山貓。」

狼怕死了，戰戰兢兢地問道：

「那我該怎麼做才能得救呢？」

狸貓說：

「我是山貓大神的化身，只要照著我說的去做。南無山貓、南無山貓。」

「該怎麼辦呢？」狼慌張起來。

狸貓於是這麼回答。

「那麼，你先站好不要亂動。來，讓我把你的牙拔掉。快，把眼睛閉上吧！接著嘛，南無山貓、南無山貓、南無山貓。我會咬一下你的耳朵。南無山貓、南無山貓。忍耐點，我要咬你的頭。嗯、嗯。南無山貓。忍耐是最重要的啊！南無……嗯、好——吃。我要吃你的腳啦！好吃。南無山貓。嗯、嗯……接著是你的身體。嗯、不錯。嗯、嗯……」

狼在狸貓的肚子裏說話。

「這裏好黑啊！啊！有兔子的骨頭。是誰殺了他？那個兇手也被狸貓大人吃掉了嗎？」

狸貓勉強笑著答了句：「莫名其妙。」

於是蜘蛛腐爛後被水流走，蛞蝓被一口給吞掉，狸貓則生了怪病。

狸貓罹患的是身體裏積了好多泥巴和水，腫脹得很厲害的怪病，最後裏面還形成了草原和山嶺，狸貓的身子腫得像個地球儀。接著身體變黑，又染上熱病，

「嗚……好可怕、好可怕。我在跑一趟通往地獄的馬拉松長跑。嗚……好痛苦！」狸貓唸著唸著，便逐漸地焦黑死去了。

＊　＊　＊

原來如此，這下總算知道了，他們三個人是在比前往地獄的馬拉松賽。

祭典之夜

祭の晩

「他在哭，他不是壞人，反而是個老實的人。好，我來幫他吧！」

「泣いている。悪い人でない。かえって正直な人なんだ。よし、僕が助けてやろう！」

那是山神秋祭當晚的事。

亮二綁上新的水藍色腰帶，拿了十五錢，便走出旅屋。現在正盛行參觀「空氣獸」。

一個留著長髮，穿條蓬鬆褲子的麻臉男人，站在小屋的帳篷前，大搖大擺地叫喊著：

「來，大家快進來。」亮二不知不覺來到看板前，這個男人冷不防對著亮二叫道：

「喂，小兄弟，快進來。錢可以待會再給。」亮二一聽，想也不想就推開木門走進去。

小屋裡大都是像高木的甲助一樣的熟人，所有人都正用著一種奇怪而認真的眼神，盯著正中央的舞台。台上癱著一隻空氣獸。

那是一團又大又平、鬆鬆垮垮的白色物體，不知道哪裡是頭、哪裡是嘴巴，解說人拿根棒子往這邊刺過去，棒子深陷進去，而物體的另一邊就突出來；從另一邊刺這邊就突出來，若往中間刺去，周邊便會膨脹起來。亮二不想看了，便急著想出去，不料木屐卻陷進地上的坑洞裏差點跌倒，就這樣狠狠地撞上隔壁一個壯碩的高大男子。

亮二嚇得抬頭一看，只見一個穿著老舊白色條紋單衣，套上一件像是奇怪蓑衣的臉頰骨頭突出的紅臉男子，對方也一臉愕然地俯看著亮二。他的眼睛圓圓的像是被燻髒的金黃色，亮二不可思議地不斷盯著對方看，那男子突然眨了眨眼，便迅速地往前方的木門走出去。亮二也跟在後面走出去了。那男子在門口張開緊握的大大的右手，交出十錢的參觀費。亮二也遞給守門人同樣的錢之後往外面走去，正好撞見堂兄弟達二。接著那男子寬闊的肩膀便沒入人群之中漸漸地不見了。

達二指著這個廣告看板，輕聲地說：

「你也去看過這東西啦？他們叫這東西是什麼空氣獸的，其實啊，不過是在牛的胃袋裝入空氣罷了。你居然還真的進去看，真是笨蛋。」

就在亮二呆呆地望著看板上那個形狀怪異的空氣獸時，達二又說了。

「我還沒去拜過神輿。明天再見吧！」說完就單腳一蹦一跳地進入人潮之中。

亮二也急忙離開了那個地方。這附近一字排開的攤位上的青蘋果和葡萄，在電石燈的映照下閃閃發亮著。

電石燈的藍色火燄雖然漂亮，卻總是發出一股大蛇般的惡臭味，亮二一想到便趕緊快速通過。

前方的神樂殿朦朧昏暗地掛著五盞提燈，待會神樂就要開始，只剩下銅拍子沉靜地響著。

「昌一也會參加這次的神樂演奏……」亮二心想，便站在那裏發了一下呆。

就在這時，前面那間檜木蓋的陰暗小茶館裡，突然傳來大聲的喧嚷聲，大家都往那邊跑去。亮二也急忙趕過去，他從人們的旁邊往裡面看。只見剛才那個高大的男人，散亂著頭髮，正不斷地被村裏的年輕人欺負。

他的汗水從額頭滴落、不斷地低頭道歉。彷彿想要說些什麼似地，卻不斷地結巴說不出話來。

村裡頭髮抹得油亮的年輕人，在眾人的旁觀下，聲勢越來越凌人。

「怎麼能讓像你這種外地來的傢伙看不起呢？快點付錢啊！付錢！沒錢嗎？這傢伙，沒錢吃什麼飯啊？」

男人相當慌張，結結巴巴地說。

「我、我……我有一百捆柴火。」

小茶館的主人看來耳朵不太好，但這段話卻聽得清楚，他大聲地說道：

「什麼？只是二串？理所當然啊！只是二串丸子，免費給你也行，只是我就是看不慣你說話的樣子。嘖，擺這什麼臉孔？你這傢伙！」

男人擦著汗，好不容易又開口說。

「我等一下拿一百捆柴火來，請原諒我。」

這下換村裏的年輕人生氣了。

「胡說八道！你這傢伙。哪個國家可以用一百捆柴火來買二串丸子？你究竟是打哪來的？」

「這、這、這實在不方便說，請原諒。」男人眨著金黃色的眼睛，猛擦著汗說。順便連淚水也一塊擦了。

「揍他，揍他！」不知是誰在一邊鼓譟。

亮二這下完全明白了。

（啊，原來是肚子太餓，但剛剛花了十錢看空氣獸，忘了自己身上沒有錢，丸子也已經吃掉了。他在哭，他不是壞人，反而是個老實的人。好，我來幫他吧！）

亮二偷偷地從口袋掏出僅剩一枚的白銅錢，緊握在手心，裝做什麼都不知道地穿過眾人，走到那個男人旁邊。男人低著頭，手乖乖地垂放在膝蓋旁，拼命地在口中唸些什麼。

亮二蹲下來，不發一語地在那男人穿著草鞋的大腳上放下那枚白銅錢。那男人像嚇了一跳似地，低著頭直盯著亮二的臉看，不久突然彎下腰去撿起它，啪地放在主人面前的桌子上，大聲地說：

「錢給你囉！請原諒我吧！那一百捆柴火待會要還我喔！八斗栗子待會也要還我喔！」

或許是說得太急，一下子把年輕人和大家嚇得往後退，他便趁機像陣風似地逃跑出去了。

「山男！山男！」大家叫了起來，鬧哄哄地說要追出去，卻早已不見那男人的蹤影。

風呼呼地吹著，黑漆漆的檜木晃呀晃地，小茶館的竹簾被吹得老高，周遭的燈光全熄滅了。

神樂的笛聲就在這時響起。但是亮二卻沒有去那裡，他一個人走在田間灰白的路上，急著要趕回家去。他想趕快回家告訴爺爺山男的事。模糊朦朧的昴宿星早已昇至高空。

回到家，從馬房前面進去後，只見爺爺一人在坑爐上用火炒著毛豆，亮二馬上在對面坐下，把剛剛的事全說出來。爺爺一開始只是默默地看著亮二，聽他說話，快結束時才笑出聲來。

「哈哈哈，原來那個人是山男啊！山男是很正直的，我也常在濃霧的山中撞見他。但是我倒是第一次聽說山男會來看祭典。哈哈哈……不，或許是一直都有來只是沒被發現過吧！」

「爺爺，山男在山裡都做些什麼啊？」

「這個嘛，好像是用樹枝做些捕狐狸套吧！就是把一根粗木棍壓彎，再用另一根樹枝撐住放好，前面綁上魚之類的誘餌垂放下來，狐狸和熊來拿的時候，就會碰到樹枝，而被重重反彈打死的一種陷阱。」

就在這時，外面突然嘎啦嘎啦地發出大聲的聲響，屋子則像地震時一樣晃動。亮二不自覺地往爺爺身邊緊靠。爺爺的臉色也稍微變了，急忙拿起油燈往外面去，亮二也跟著過去。

油燈因為風的關係，一下子就被吹熄了，取而代之的是靜靜地從東邊的黑色山頭昇起的十八日的明月。

仔細一看家前面的廣場上居然被丟了一堆如山般高的粗大柴火，都是一些還連著粗根和樹枝、咯吱咯吱被折斷的。

爺爺望著眼前的情景呆了半晌，才突然拍手大笑起來。

「哈哈哈……山男給你送柴火來了。我想應該是為了在茶館吃丸子的那件事，山男還真是周到啊！」

亮二想好好地看看那些柴火，一腳才剛踏向前，就被什麼東西給滑了一跤。往下一看，只見廣場上是一地閃閃發亮的栗子。亮二爬起來大叫。

「爺爺，山男還帶了栗子來！」

爺爺也嚇了一跳。

「連栗子也送來了嗎？我們可不能收人家這麼多東西。下次帶點什麼東西上山去吧！就先送他衣服好了。」

不知怎地，亮二突然覺得山男好可憐，心頭一酸直想哭出來。

「爺爺，山男為人那麼樣的正直，我好想送他一些有用的東西。」

「嗯！那就下次幫他帶床被褥吧！山男說不定會把被褥當棉襖穿呢！再帶幾串丸子去吧！」

亮二高興地叫起來。

「只有衣物和丸子太無聊了。我想送他更好的。好得讓山男又是哭又是笑的，然後高興得身體都可以飛上天。」

爺爺重新點亮熄火的油燈，

「嗯，如果有那麼好的東西的話……來，進屋去吃豆子吧！再過一會兒，爸爸也會從隔壁回來。」爺爺邊說邊往屋子裏走去。

亮二只是靜靜地望著斜掛在天邊的那輪發著藍光的月亮。

風在山裏頭呼呼地吹著。

老鼠權

ツェねずみ

「像你這種軟弱、沒有男子氣概的傢伙，再看一眼都嫌煩。東西拿了就快點給我滾！」

「てめぇみたいな、ぐにゃぐにゃした男らしくもねぇやつは、つらも見たくねぇ。早く持てるだけ持ってどっかへうせろ。」

在某間老舊的房子裡，黑漆漆的天花板上住著一隻名叫「權」的老鼠。

有一天，老鼠權東張西望地在地板下的街道散步，這時突然看到黃鼠狼抱了一堆不知道是什麼的好東西，像一陣風似地從面前跑過來。黃鼠狼看到老鼠權便稍歇腳步，飛快地說道：

「喂，老鼠權，你那屋子的櫥櫃破了個洞，好多金米糖(註)都漏出來了呢！趕快去撿吧。」

老鼠權興奮地抖動鬍鬚，還來不及向黃鼠狼道謝，便一溜煙跑過去了。

然而老鼠權來到櫥櫃下方時，腳底突然竄起一陣刺痛，緊接著耳邊響起了一個細小尖銳的聲音：「站住！你是誰？」

老鼠權嚇了一跳，仔細瞧瞧，原來是螞蟻。螞蟻的軍隊早已在金米糖的四周佈下了四層嚴密的防線，大家賣力地揮動著黑色板斧。二、三十隻螞蟻正合力把金米糖從邊緣敲碎、溶解，準備搬回巢裡去。老鼠權全身上下抖個不停。

「你不能再靠近了。給我滾！滾！快滾！」螞蟻的士官長用低沉洪亮的聲音說。

老鼠權一個轉身後，飛快地爬回天花板裡。回到鼠窩睡了一覺，覺得無聊至極，悶得發慌。老鼠權心想，螞蟻們好歹是支軍隊，碰到實力這麼強的對手，摸摸鼻子走人也是正常的。但聽了那隻老實的黃鼠狼的消息，大老遠跑到櫥櫃，卻被螞蟻士官長給教訓一頓，實在是令人相當不爽！於是，老鼠權又躡手躡腳地從窩裡走出來，來到小木屋裡頭的黃鼠狼家。
黃鼠狼正好在用牙齒啃著玉米粒並磨成粉，見到老鼠權便說道：
「怎麼啦？金米糖沒了嗎？」
「黃鼠狼先生，你也太差勁了，居然欺騙我這種弱小的人。」
「我沒騙你，是真的有啊！」
「有歸有，但是螞蟻已經在那邊了。」
「螞蟻？咦，真的嗎？手腳真快呢。」
「全部都被螞蟻搬走啦！你居然欺騙我這種弱者，你要補償我，快點補償我！」
「這也沒辦法，是你的手腳太慢了啦。」
「我不管、我不管。你騙了這麼可憐的我，補償我！補償我！」
「真叫人頭痛啊，好心告訴你卻以德報怨。好啦好啦！既然這樣我把金米糖給你吧。」
「補償我！補償我！」
「喂，那些，拿去吧！要拿多少就拿多少吧！像你這種軟弱、沒有男子氣概的傢伙，再

註　金米糖：用糖液將糖粒周圍裹住的點心

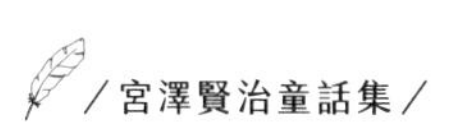

看一眼都嫌煩。東西拿了就快點給我滾！」黃鼠狼氣呼呼地把金米糖給丟了出去。老鼠權拼了命地能撿則撿，撿完後向黃鼠狼行禮致意。黃鼠狼再也忍不住了，他咆哮地說：

「快給我滾！你拿剩的連蛆蟲也不會想要！」

老鼠權一溜煙地跑掉，回到了天花板的窩巢，並大口大口地吃起金米糖。

就因為這樣，老鼠權越來越討人厭，誰都不願意與他來往。於是老鼠權只好開始和什麼柱子、壞掉的畚箕、水桶、掃把之類的來往。

當中他和柱子的交情最好。有一天，柱子對老鼠權這麼說：

「老鼠權兄，冬天就快到了，我們又要乾燥得嘎吱作響了。你最好也趁早把被褥準備好喔！好在我的頭頂上方有麻雀春天帶來的鳥毛和各種溫暖的東西，要不要趁現在搬點回去呢？雖然我的頭上會變得有點冷，但我自有辦法。」

老鼠權心裡原本就有這個念頭，便從那天馬上開始動手搬。

然而，半路上有個很陡的斜坡，老鼠在這裡狠狠地跌了三次。

柱子嚇了一跳，拼命地彎著身子說：

「鼠兄，有沒有受傷啊？沒事吧？」

老鼠好不容易站起來，然後扭曲著臉孔回答：

「柱子兄，你還真是過份！竟然欺負像我這麼弱小的人。」

柱子覺得過意不去，拼命地道歉。

「鼠兄，真是抱歉，請原諒我。」

沒想到老鼠權卻得意忘形，

「怎麼可能原諒你？你沒出這種爛主意的話，我就不會遭遇這樣的下場了啦！你得補償我！補償我，快！快補償我啊！」

「你這話讓我很困擾呀，你就原諒我吧！」

「不行！我最討厭的就是欺負弱小了，你要補償我，你一定要補償我，快點補償我！」

柱子不知如何是好，哇哇地哭起來。老鼠沒辦法，只好返回自己的窩。從此以後，柱子便嚇得再也不敢跟開口和老鼠打交道了。

後來某一天，畚箕把剩一半的糯米點心送給了老鼠權，結果隔天老鼠權鬧肚子痛。於是老鼠權又跟往常一樣，一直要畚箕補償他。最後畚箕也嚇得和老鼠權斷絕往來。

在那之後的某一天又發生了類似的事。

水桶給了老鼠權一點洗衣用碳酸鈉的碎片，並說每天早上可以用這個洗臉。老鼠高興地收下後，隔天開始每天用它來洗臉。這段期間他雖然只掉了十根鬍鬚，但還是又二話不說地馬上到水桶家理論。但水桶沒有鬍鬚，根本無法補償他，無計可施之下，只好哭著向他道歉。從此以後，他再也不和老鼠說話了。

這些工具兄弟們一個又一個遭到這種下場，已經學乖的他們，每次碰到老鼠權就會立刻閃避一旁。

不過在這些工具兄弟中，還有一個人沒有和老鼠權打過交道，那就是銅線編成的捕鼠器。

一般而言，捕鼠器應該都是人類的夥伴才對。但是最近在報紙上，每天都可以看到捕鼠器和貓被畫成廣告插圖，插圖裡的他們還掛著寫有廢物二字的牌子。就算捕鼠器不是人類的夥伴，人類其實本來就沒善待過他們。算了，這也是事實。不僅如此，捕鼠器還被嫌太過骯髒，連摸都不想摸。因此和人類相較之下，捕鼠器其實更同情老鼠。儘管如此，大多數的老鼠還是害怕捕鼠器，根本不敢靠上前來。捕鼠器每天都用他溫柔的聲音對著老鼠們說：

「小老鼠，過來嘛！今晚有竹筴魚頭喔！我會在你們吃的時候，好好地幫你們按住。來吧，放心地過來嘛。我不會啪嚓就把門關上的，我再也不想為人類做任何事了，快進來吧，小老鼠！」

但是，老鼠們總是一下子就跑得不見蹤影。不是回應「嗯……聽來是不錯。」，就是說「是、是，我知道了。但我還是得跟家裡的老小商量後再說。」

早上，臉色赤紅的雜工過來一看，

「又沒捉到，老鼠大概也知道這是陷阱了吧。他們的學校有教吧！不過，就再放個一天看看吧！」說著又換上新餌。

今天晚上，捕鼠器又叫著：

「快過來，快過來。今晚是鬆軟的魚板喔，我只會拿給你吃，不會害你！別擔心，快點過來吧！」

老鼠權剛好在這時經過。

「喂，捕鼠器先生，你真的只會拿魚板給我吃，不會害我對吧？」他問。

「你這老鼠也真是奇怪。沒錯，我只會給你吃魚板。來吧、快過來吃吧！」

老鼠權咻地一聲鑽進去，狼吞虎嚥地吃掉魚板後，又咻地跑出來。

「真好吃呢，謝謝你。」

「是嗎？那真是太好了。明晚再過來吧！」

隔天一早，雜工看了相當生氣。

「咦？餌吃完就給我跑掉了。真是隻狡猾的老鼠。不過至少進到籠子裡過了。好，今天放的可是沙丁魚喔。」雜工放進半隻沙丁魚後就離去。捕鼠器把沙丁魚掛上，一意地等著老鼠權的到來。

到了晚上，老鼠權馬上就出現了，還擺出一副施捨的態度說：

「今晚我可是照約定來了喔。」

捕鼠器有點不高興，忍著性子說：

「來，快來吃吧！」

老鼠權咻地鑽進籠裡，津津有味地吃完後，又咻地跑出來，擺著架子說：

「那麼，明天我會再來幫你吃的。」

「喔！」捕鼠器答道。

隔天早上，雜工來查看以後更加憤怒了。

「嘿！真是狡猾的老鼠。但不可能每晚都這麼順利吃掉餌才對啊！該不會這個爛捕鼠器收了老鼠什麼好處？」

「沒有，絕對沒有。別太瞧不起人了。」捕鼠器大聲辯解。當然，雜工是聽不到的。

於是，雜工今天放了塊腐壞的魚板後就走了。

捕鼠器受到莫須有的誤解，一整天都氣憤難平。

晚上一到，老鼠權跑來了，又得意洋洋地說：

「唉！每天都辛苦前來，吃的東西也就那些，好吃點的也就只有魚頭，吃都吃膩了。不過算啦！難得都來了，就幫你把它吃了吧！捕鼠器先生，你好。」

捕鼠器正氣得繃緊了身上的銅線，沒好氣地回說：

「吃吧！」老鼠權咻地鑽進去，看見是腐壞的魚板，竟生氣地叫起來。

「捕鼠器先生，你也太過份了，這塊魚板都壞掉了。你竟然欺騙我這樣弱小的人，太過份了。你要補償我，快補償我。」

捕鼠器一聽，不由得氣得身上的銅線嘎嘎抖動。這下可不妙。

「啪嚓！」連著誘餌的開關一動，捕鼠器的門關了起來。真的是糟糕了。

老鼠權發瘋似地說著：

「捕鼠器先生，太過份了，你太過份了。嗚……真不甘心。你怎麼可以這樣對我……」

他一面哭喊，一面啃咬著籠子，又在籠子裡繞著猛打轉，又是急得直跺腳的，一下聲嘶力竭地叫鬧，一下又哭哭啼啼，吵鬧不休。最後連說「你要補償我，快補償我」的力氣都沒了。

捕鼠器這邊也是又痛又氣，嘎答嘎答地直發抖。整晚兩人就這麼折騰，一直到天亮。

一早，臉色赤紅的雜工過來一看，興高采烈地說：

「捉到了，捉到了。終於捉到你這隻狡猾的老鼠了。喂，給我出來，你這該死的小東西。」

老鼠坤

クねずみ

「要認真學習喔！千萬不可以把老師吃掉喔！」

「よく習うんだよ。決して先生を食べてしまったりしてはいかんぞ。」

從前有隻叫做坤的老鼠，個性極度傲慢、好猜忌，他總認為自己是老鼠中最厲害的學者，其他老鼠只要稍微賣弄一番，老鼠坤就會習慣性地咳嗽提醒。

有一天，老鼠坤的朋友老鼠達來家中拜訪他。

老鼠達跟老鼠坤說：

「你好，老鼠坤。今天天氣真好。」

「就是說啊，你最近有發現什麼好東西嗎？」

「沒有，景氣很差呢。不知道接下來的景氣會怎樣呢？」

「這個嘛……你覺得如何呢？」

「這個嘛，雖然現在是這樣，但應該會越來越好吧！歐美的金融情勢似乎漸漸緩和了些……」

「咳、咳。」老鼠坤突然大聲地咳了幾聲，老鼠達嚇得跳了起來。

老鼠坤看向一旁，拈著鬍子說道：

「那，接下來？」

老鼠達這才放心，把雙手放膝上後坐下。

老鼠坤重新坐正身子說：

「剛剛的地震你嚇壞了吧？」

「就是啊！」

「那麼大的地震，我也是頭一遭碰到呢。」

「嗯，程度中上吧！震源多半是在東經四十二度二分南緯。」

「咳、咳。」老鼠坤又大聲咳了起來。

老鼠達雖然驚慌，但已不像先前那麼激動。

老鼠坤平復心情後終於開口：

「天氣也變好了，你有先做好什麼準備嗎？」

「沒有，我不做任何準備。但如果天氣一直這麼好，我想到田裡瞧瞧。」

「田裡頭有什麼好東西嗎？」

「已經是秋天了，總會掉些什麼吧！天氣好的話啦。」

「怎麼樣？天氣還算好吧？」

「是啊！報紙上寫說，琉球群島生成的低氣壓正逐漸往西北北行進中……」

「咳、咳。」老鼠坤又發出討人厭的咳嗽聲。老鼠達這回嚇得都快站直了，他身體不停地顫抖，眨著眼不發一語。

老鼠坤將臉別過一旁，拈著他的鬍鬚，並用斜眼瞄了老鼠達的臉好一會兒，才使力壓低聲音說到：

「嗯，接下來呢？」

然而，老鼠達卻已經嚇得不敢多說什麼，只是迅速地行個禮，用細小沙啞的聲音說聲「再見！」後，便離開了老鼠坤的家。

老鼠坤仰躺下來，拿了「老鼠競爭報」攤開來看，自言自語地說：

「嘿，阿達這傢伙還差得遠呢！」

說到這個，「老鼠競爭報」這報紙還真不錯，看過就能了解老鼠間的競爭。像是老鼠沛偷了許多玉米粒，正處心積慮地要和家糖萬貫的老鼠帕一較長短；Do、Re、Mi三隻母老鼠在競爭誰比較有學問，談到比例問題時，她們的頭都應聲裂成了兩半。各種事情都會完整地刊載在這份報紙上。

好的、好的，大家。不好意思打擾各位，老鼠坤現在要為我們朗誦今天的新聞，請仔細聆聽。

「這個嘛，卡曼金國的飛機襲擊了普哈拉。這樣啊不得了，這下可糟了。不過他們又不會打過來，沒問題的！咦，老鼠權失蹤了。老鼠權就是那個壞心腸的傢伙吧，還真有趣。

住在天花板後街一番地的權姓男子，昨夜起行蹤不明。根據本報的第一手消息，權姓男子數天前開始和銅線捕鼠器有密切往來，前天晚上雙方似乎發生了感情上的糾紛。廚房街四番地聶姓民眾指出，昨晚權姓男子好像也有去找銅線捕鼠器。另外，地板下街二十九番地波姓民眾也表示，昨晚深夜到今天清晨間，權姓男子和銅線捕鼠器發生了激烈口角，還不時聽到打鬥聲。綜合以上說法研判，目前銅線捕鼠器在本案的涉嫌最深。本報將更進一步深入追蹤事件真相，並對銅線捕鼠器給予最嚴厲的文字批判。啊哈！這下總算水落石出了。老鼠權那傢伙，原來是被捕鼠器給吃啦！真有趣！接下來……這是什麼呢，嗯……」

「鐵姓老鼠當選新任鼠會議員。咳、咳……嗯……咳、咳……可惡！老鼠鐵居然也能夠當上鼠會議員。嘖！一點也不好玩，我當選的話還說得過去。算了，真無聊，來散步去。」

於是，老鼠坤便散步去了。就當他正生著悶氣，往天花板後街走去的半路上，聽到兩隻蜈蚣談論著孝順的蜘蛛的事。

「就是說嘛！這可不是每個人都做得到的。」

「嗯、嗯，說得沒錯。而且，那孩子自己身體也不太好呢，儘管如此他還是每天清晨兩點左右起床餵藥啊、煮稀飯的，而且總是很晚才睡，大概三點左右。這樣真的沒時間休息吧，令人佩服。」

「現在居然還有這麼貼心的孩子……」

「咳呵、咳呵。」老鼠坤突然咳出聲來，把鬍鬚往旁拈了拈。

蜈蚣嚇了一跳，草率地結束了話題，便各自逃回家去。老鼠坤又繼續往天花板後街走去。

天花板後街空曠寬敞的街道上，鼠會議員的老鼠鐵正在和另一隻老鼠談話。老鼠坤躲在壞掉的畚箕旁偷聽。

「這個……我的想法是不管如何都要有共同一致、團結和睦的精神，否則是不行的。」

老鼠鐵說。

「咳、咳。」老鼠坤用不會被聽見的聲音咳了幾聲。和老鼠鐵聊天的那隻老鼠「嗯」地答應一聲，看似很認真地在思考。老鼠鐵繼續說下去。

「如果不這樣，也就是說，世界的進步發展、改善和改良就會停擺不前的。」

「咳、咳、咳、咳。」老鼠坤又低聲地咳幾聲。和老鼠鐵聊天的那隻老鼠答了聲「嗯」又繼續沉思。

「那麼，如果世界的進步發展、改善和改良停擺不前的話，政治當然不用說，連經濟、農業、商業、工業、教育、美術，還有雕刻、繪畫，以及文化、戲劇，嗯……還有舞台劇、藝術、娛樂和體育等，哈哈哈，這些全都會沒戲唱呢。」老鼠鐵用了許多艱深的用詞，忍不住自鳴得意起來。老鼠坤又莫名地生起氣來，盡可能地拉高聲音咳了幾聲，並控制音量不被聽見，同時也握緊了拳頭。和老鼠鐵聊天的那隻老鼠還是只應和一聲「嗯」。

老鼠鐵又開始說：

「倘若經濟和娛樂惡化，就會產生抱怨，進而導致分裂的結果。演變成這種局面，其實我們都不願意，也很遺憾。所以呢，大家一定要有團結一致、和睦相處的精神。」

老鼠鐵的話說得越是好聽，越有道理，老鼠坤心中的怒火便越熾烈。終於，老鼠坤的忍耐到了極限，

「咳、咳。」老鼠坤大聲地咳了出來。老鼠鐵嚇得全身顫抖，他閉著眼睛將身子愈縮愈小，再悄悄地伸展開來，並一口氣睜開雙眼，大聲叫喊：

「這傢伙是叛亂份子。叛變者！抓住他，快抓住他！」

和老鼠鐵聊天的老鼠馬上像要壓扁老鼠坤似地縱身一撲，掏出抓鼠繩把他來個五花大綁。

老鼠坤因百般地不甘心而掉下淚來，卻因敵不過對方，只好暫時乖乖地束手就擒。老鼠鐵突然拿出紙來，迅速寫了些東西交給和他聊天的那隻老鼠。

那隻老鼠走到被綁成個大圓球的老鼠坤面前，用嚴肅隆重的語氣大聲地唸了出來。

「老鼠坤因犯叛亂罪，應於眾人面前處決。」

老鼠坤大聲嚎啕大哭起來。

「叛變者！走吧，快！」抓他的老鼠說道。老鼠坤這下子嚇破了膽，渾身無力地站起身來。老鼠從四面八方聚集而來，

「真是大快人心！這就是那個老是咳出怪聲的傢伙嘛！」

「原來真是搞叛變的啊！」

「這傢伙死了就省事多了。」

四周盡是這些聲音。抓人的老鼠在肩上纏上白色的帶子，開始準備處決。

就在這時，大家的後方傳來呼呼的可怕聲音，二顆像火般的眼珠子閃爍著慢慢靠近。

原來是眾人皆知的貓大將。

「哇！」老鼠們當即四下逃竄。

「想逃？門都沒有。」貓大將追捕其中的一隻老鼠，但牠已鑽進狹窄的縫隙間，任憑貓大將的爪子怎麼伸長，就是無法碰到牠。

「嘖！」貓大將嘖舌後轉身回來，看到獨自被綁著的老鼠坤，吃驚地問道：

「你叫什麼名字？」

老鼠坤從容地回答：

「我叫坤。」

「哼、哼，是嗎？為什麼這副德性呢？」

「因為要被處決了。」

「哼、哼、哼，是嗎？那真是太可憐了。好吧！我就收了你，到我家來。我家剛剛生了四個孩子，正為請不到家教而煩惱呢。來吧！」貓大將慢條斯理地踏出腳步。

老鼠坤怯生生地跟在後面。貓的家還真是建得富麗堂皇，紫色的竹子編製而成的外觀，屋裡鋪滿稻草桿和碎布條，相當暖和舒適。更棒的是，居然連裝飯菜的道具也不缺。

屋裡頭有貓大將的四個孩子，才剛睜開眼的牠們正喵喵地叫著。

貓大將舔過每個孩子後說：

「你們再不讀書是不行的。所以我把老師請來。要認真學習喔！千萬不可以把老師吃掉喔！」

孩子們高興得喵喵笑，七嘴八舌地：

「爸爸，謝謝您。我們會好好學習，不會把老師吃掉的啦。」

老鼠坤忍不住雙腳抖個不停。貓大將告訴他：

「給我好好教！以算術為主。」

「是的，遵……遵……遵命。」老鼠坤答道。

貓大將心情愉快地叫了一聲「喵」後，便往前面走去。

孩子們叫鬧起來。

「老師，快教我們算術吧！快點嘛，老師。」

老鼠坤心想這下不教不行了，便很快地說道：

「一加一等於二。」

「早知道啦！」孩子們說。

「一減一就什麼都沒有了。」

「知道了。」孩子們叫道。

「一乘以一等於一。」

「這是當然的啊。」小貓們正經地張著眼睛說。

「一除以一是一。」

「這題不用你教啦。」小貓們興奮地叫道。老鼠坤因此整個驕傲了起來。

「一加二等於三。」

「了解了，老師。」

「一減二是……」老鼠坤正要繼續說下去時突然咬了螺絲，接著小貓們叫道：

「一不能減二啦。」

由於小貓們太聰明了，老鼠坤非常不悅，講話速度變得飛快。這是理所當然的，老鼠坤一開始教的一加一等於二，可是足足花了他半年的時間才學會呢。

「一乘以二是二。」

「我們知道了，老師。」

「一除以二是……。」老鼠坤又咬螺絲了。小貓們這時又異口同聲地叫道：

「一除以二是一半啦。」

想到這裡，老鼠坤忍不住「咳、咳、咳、咳」地咳出聲來。小貓們被這突然的舉動嚇得面面相覷，過了好一會兒才又回過神來，

「幹嘛啊！你這隻老鼠。見不得人家比你好嗎？」說著便圍過來，每隻小貓各咬住老鼠坤的一隻手腳。老鼠坤慌張地揮舞著手腳，著急地「咳、咳、咳、咳」咳出聲來，卻再也無法挽救了。

老鼠坤就這樣慢慢地被從四肢開始啃食。四隻小貓已經啃到了老鼠坤的肚臍眼。

就在這時，貓大將回來了，

「孩子們學了些什麼啊？」貓大將問道。

「如何抓老鼠。」四隻小貓異口同聲地回答。

十月的末尾

十月の末

天空好似重新擦過的鏡子般光滑，藍藍的新弦月高掛上頭，地面閃閃發亮，嘉仔差點還以為是冰砂糖灑了一地。

空はまるで新らしく拭いた鏡のようになめらかで、青い七日ごろのお月さまがそのまん中にかかり、地面はぎらぎら光って嘉ッコは一寸氷砂糖をふりまいたのだとさえ思いました。

嘉仔穿上小草鞋，對著緊握在胸前的通紅雙手呼呼地吹著氣，從泥地屋裡衝了出來。外頭寒冷又明亮，一片靜寂無聲。

嘉仔的媽媽穿著大蓑衣，肩上背著繩索，跟在後面出來。

「媽，昨晚泥地板結冰了耶。」嘉仔雙腳啪答啪答地踏在潮濕的黑色地面上說。

「嗯，降霜了嘛！今天田裡一定也滿是爛泥。」嘉仔的媽媽嘴裡唸唸有詞地說。

嘉仔的奶奶也穿上蓑衣，全副武裝地出了家門。她用手遮著眼睛，望著亮眼的天空喃喃自語地說：

「爺爺今天早上也沒回來啊，明明家裡這麼忙……」

「爺爺今天早上也沒回來！」嘉仔突然大聲叫起來。

奶奶笑了起來。

「是啊！真是令人傷腦筋的爺爺。一天到晚喝得爛醉，根本派不上用場。今天八成也在鎮上喝酒吧！你可別像你爺爺一樣喔！」

「啪嘎、啪嘎、啪嘎」嘉仔早已快步跑著，來到籬笆出口的柳樹前。

樹枝間許許多多跳來躍去的小鵪鶉嗤嗤嗤地叫著。

柳樹細長的葉子現在已經全部掉光，微微的寒風吹過，白色雲朵正悄悄地飄浮在藍天的一角，如同小鎮夜晚的祭典中販賣的棉花糖。

「嗤嗤嗤，唧、唧、嗤、嗤。」

鵪鶉們又跳又飛的，在柳樹枝幹間玩得不亦樂乎。葉子掉得光禿的柳樹，外側看起來就像玻璃一樣光滑，讓嘉仔看了相當興奮。

不過，這晶瑩剔透的玻璃箱終究是壞了。媽媽和奶奶走了過來，嘉仔「噓！」地叫出聲，雙手往上一抬，小鵪鶉們立即成了個圓，成群地飛走。

鵪鶉飛走後，嘉仔隨即跑出了街道。

電線桿發出「嗚嗚、嘎嘎、嗚嗚、嗚嗚、嗚嗚」的怪音。

嘉仔雙手抱胸站在街道中央，仔細眺望著那成排的松樹。除了松葉沙沙作響外，在最裡面的盡頭處，有個像白色牛隻的頭或腳般的細小身影。嘉仔穿越了街道，往山上的田地走去，媽媽與奶奶跟在後頭走上來。嘉仔比媽媽和奶奶更了解這條路，連路面正中央出現的圓形坑洞，嘉仔也一清二楚，可說是瞭若指掌。

嘉仔走入樹林，松樹和小橡樹直挺挺地矗立在陽光中。

穿過樹林，就是嘉仔家的豆田。

豆田中，茶色的豆叢結實纍纍。

豆子全都穿上茶褐色的外套，排成一兩百列，就像以整齊的步伐行進中的軍隊一樣。

陽光躲進空中的薄雲裡，前方的芒草草原閃著微弱的光。

黑色的鳥兒斜斜地飛過淡藍色的天空盡頭。

媽媽和奶奶總算走出了樹林。他們看見兩個沐浴在陽光中的人，從前方的田裡走來。一個高大，另一個又黑又小。

毫無疑問的，這兩個人就是隔壁的善仔，以及他的媽媽。

「喂！善——仔。」嘉仔大聲叫著。

「喂——」對方也拉高聲音回應。

兩人起身跑向對方，在田埂邊會合。善仔家的田也有整片穿著茶色外套的豆叢軍隊。

「今天早上你家有降霜嗎？」嘉仔問道。

「霜？我家下了啊！你家也下了嗎？」善仔回答說。

「對啊，下了。」

嘉仔和善仔兩人坐到善仔的母親帶來的草蓆上，媽媽們則站在後面談天。

嘉仔和善仔坐在草蓆上「哇啊啊……」地，兩個人一邊閒聊，一邊用雙手摀住又放開耳朵地嬉戲。

但不可思議的事發生了，兩個人就算沒發出「哇啊啊啊啊啊啊啊」的聲音，光是用手摀住又放開耳朵，就會聽到「嘎——嘎——隆隆——隆——鏘」的一種像是水流般的聲響。

「喂，你知道這是什麼聲音嗎？」嘉仔開口問道。

善仔手摀住又放開耳朵試聽了好一會兒，還是不著頭緒。

「真是奇怪！」善仔說。

這時嘉仔的媽媽正在田埂前方拔著豆子，並正朝這邊靠近。嘉仔高聲叫道：

「媽媽，這嘎嘎作響的聲音是啥啊？」

「是西根山的瀑布聲啊！」媽媽一邊拍落豆子根上的泥土一邊說。

二人轉頭望向西根山，但總覺得不像是從那裡傳來的瀑布聲。

媽媽走向前去，這次換奶奶靠過來。

「奶奶，這嘎嘎隆隆作響的聲音是啥啊？」

奶奶吃力地伸直了腰，用手背擦擦額頭，看著兩人說：

「是天上惡鬼尿尿的聲音喔！」

兩人一臉吃驚地不發一語，再次手摀住又放開耳朵，仔細聆聽這聲音。善仔突然驚呼：

「哇！天上惡鬼尿尿也尿太久了吧。」

嘉仔大笑起來，跑向奶奶說道：

「啊哈哈！奶奶，天上惡鬼尿尿實在是嚇死人的久呢！」

「當然久囉！天上惡鬼的小便都是都是流不停的。」奶奶一本正經地邊採豆子邊說道，嘉仔則呆愣愣地坐到草蓆上。

陽光躲進白色的薄雲中，黑鳥高高地在上空盤旋。白雲的這頭，也就是豆田的對面，有個身穿灰色衣服，頭戴鴨舌帽，身材高得嚇人的男人，背著許多東西大步地走著。

「阿兵哥先生。」善仔邊叫著邊往那邊跑去。

「他不是阿兵哥啦，又沒帶著槍！」嘉仔也邊跑邊說。

「阿兵哥先生。」善仔又叫起來。

「不是阿兵哥啦，又沒帶著槍！」說著說著，這時二人已來到那人的身旁。

「阿兵哥先生。」善仔又叫了一聲後擺出奇怪的表情。

靠近一看，那人竟是個紅鬍子的洋人，而且還張大嘴巴，用打雷似地音量叫嚷起來。

「嗚嚕嚕、咕嚕、油——里多嚕、拉滋卡嚕滋、油——普雷依、多拿溫多、嗶、歐呼、那嗚、斯考特、阿威耶、迪、斯庫爾。」

兩人嚇得一聲不吭，二話不說地掉頭就跑。就在這時身後突然傳來一陣有趣的爽朗笑聲。媽媽們在前方擔心地用手遮陽望向這邊，然後稍稍地行了個禮。兩人轉身一看，只見那灰衣服的旅人也笑著脫下帽子行禮，接著又跨出大步向前方走去。

太陽一下又露出臉來，兩人在坐在草蓆上，明明不見雲雀，卻胡亂編唱起雲雀的歌。

「火烤雲雀，昆布雲雀……」

這時嘉仔彷彿想起了什麼事，突然停止唱歌，並皺起了眉頭。不一會兒後說道：

「那個，你爺爺醉死啦？」

「嗯，我爺爺可醉死了。」善仔回答。

「那麼，把你爺爺拿來和我爺爺交換好不好！」正當嘉仔猶豫要不要答應時，耳朵突然被拉得要叫出聲。抬頭一看，是穿著蓑衣的爺爺，漲紅著一張章魚般的臉望著他。

「說什麼啊！要換爺爺？那倒不如把你送給好幾個山頭外的屁叔叔好了！」

「爺爺，原諒我，我不換了啦！原諒我吧！」嘉仔哭喪著臉道歉。爺爺笑著拔起豆子來。火燒得紅通通的，煙霧全飄向爺爺的方向。

嘉仔抓著黑貓的尾巴，緊緊地抱在懷裡。對面是已經在上學的嘉仔的哥哥，從書包裡拿出書本正大聲地朗讀。

「燒著松木的坑爐旁，

晚上一到天南地北聊興正濃，

媽媽拿手的醋拌蘿蔔絲，

這就是鄉下的年菜。

第十三課……」

「什麼啊，醋拌蘿蔔絲？年菜？好無趣的書本啊！」爺爺突然說道。嘉仔的父親也跟著笑出聲。

「哎，什麼啊這本書是在教我們節儉啊？」

但是嘉仔的哥哥生氣了。他像要哭出來似地，把書本往書包一丟，

「嘉仔，把貓給我。」
「不給，才不給。討厭啦！」嘉仔說。
「快給我啦！給我。嘉仔，喂，馬上給我。」
「討厭，討厭，才不要呢！」
「那我要揍你囉！說真的喔！」嘉仔的哥哥站起來。爺爺趕忙阻止，就在嘉仔要迅速脫逃之際，突然不知道為什麼地，像是天空的藍色水泥全掉落下來一樣，發出喀噠的聲音，屋子也開始搖晃，大家全都嚇呆了。貓從嘉仔手中滑落下來，全身忍不住地顫抖，一溜煙就不知道竄到哪去了。「喀喀喀，咚隆咚隆咚隆。」的聲音不斷，接著地表啪地一聲巨響，像石塊的東西下了起來。
「打雷了？」爺爺說。
「是冰雹。」父親說著，從喀喀的冰雹聲那一頭傳來，
「喂——」是隔壁的善仔的聲音。
「喂——」嘉仔回應道。
「喂——」隔壁又叫著。

「喂——」嘉仔像吹笛般地，鼓足氣叫出聲。

忽然外頭沒了聲音，宛如掉落深淵谷底般的寧靜，叫人不舒服。

嘉仔的哥哥穿上木屐，到外頭撿冰雹。嘉仔也跟在後面出去。天空好似重新擦過的鏡子般光滑，藍藍的新弦月高掛上頭，地面閃閃發亮，嘉仔差點還以為是冰砂糖撒了一地。

南方相當遙遠的那頭，掛著白雲或是煙霧般的物體，閃電在月光下不時劃過一道白。兩人拾起鳥蛋般大小的冰雹，不禁張大眼睛。

「喂——」是善仔的聲音。

「喂——」嘉仔和哥哥一起喊著，一邊來到籬笆邊的柳樹下。隔壁籬笆也突然竄出個小小的黑影，往這邊跑過來。是善仔。嘉仔跑了起來。

「哇，是冰雹耶！好大喔！真的好大。」善仔抓上一大把說道。

「我們家的也差不多是這樣。」

閃電又閃過一道白光。

「啊，好幾個山頭外的屁叔叔」嘉仔突然指向西邊。

離西根山好幾個山頭的屁叔叔，在月光下發著藍光，伸直身子橫躺著。

山谷
谷

「怎麼樣？可怕吧！要是你一個人來的話肯定會掉下去的，不管是明年或以後的任何時候，都千萬不要一個人來喔！」

「どうだ。こはいだらう。ひとりで来ちゃきっとここへ落ちるから来年でもいつでもひとりで来ちゃいけないぞ。」

楢渡附近的山崖紅了一片。那個山谷又深又陡，所以往下一看山壁是一圈又一圈地繞著。谷底下沒水，也沒有其他東西，只看得到一些綠色的樹枝和白樺樹之類的樹幹。

對面也和這裡一樣。濃烈刺眼的紅色山崖上，橫面有五道灰色的粗線條，鋸齒狀般地從紅土顯露而出。那是昔日從山上竄流而下，然後被火山灰掩埋住的五層古老岩漿。

山崖的這頭和對面以前應該是連在一起的，不知何時才裂開來的吧？濃霧遍佈的天氣裡，谷底白茫茫的一片，什麼也看不見。

我第一次到那裡，是在三、四年級的時候。當我在那底下的原野中獨自一人狼吞虎嚥著野葡萄時，看馬的理助脖子上圍著鬱金香花串，背著木炭空籃大步地經過。他見到我就用那高分貝的聲調說：

「喂！你從哪裡下來的啊？小心被抓走喔！我帶你到長很多野菇的地方去吧！你一定沒見過長那麼多野菇的地方！」

「嗯！」我答道。理助走著又說：

「那就來吧！把那葡萄丟了！看你嘴唇和牙齒都變成紫色的了。快跟我來，快！跟不上我就自己走囉。」

我馬上丟掉手上的野葡萄串，專心地跟著理助走。但是理助雖然說要帶我去，卻根本無視我的存在。他只是逕自地走著，用那難聽得要命的聲音對著天空唱歌，而我只是緊緊地跟在後面走。

我們走進了柏樹林中。

樹影四下晃動，葉片閃閃發亮。我們往彎曲的黑色樹幹間慢慢潛入。進入樹林中，理助開始放慢速度，又或許是因為在樹林中沒辦法走得太快。

此時坡度愈來愈明顯了。

在林中走了十五分鐘，理助稍稍往旁邊彎下身子查看，不一會兒又站起身來。

後來他用低沉的聲音告訴我：

「到了喔！隨你高興摘多少，但左邊可別過去，那是山崖。」

那是一塊位於柏樹和橡樹林中的小小空地，我的內心激動不已，因為到處長滿了掃帚菇。

理助放下炭籃子，煞有其事地吐了一口氣說：

「聽好喔！掃帚菇有白色和褐色的，白色的太硬、筋多又不好吃，所以要採就採褐色的。」

「可以採了嗎？」我問道。

「嗯，拿個東西裝吧！對了，就用這件外套包起來吧！」

「嗯。」我脫下外套鋪在草地上。

理助已經開始一個又一個地往炭籃裡丟去。我就這樣呆呆地看了一會兒。

「發什麼呆啊？快摘呀！」理助說道。

「嗯，可是你為什麼專摘白色的呢？」我問說。

「我是要做醃漬物。你家又不吃菇的醃漬物，還是摘褐色的好，可以煮好就吃啊！」

我恍然大悟，對理助突然有點不好意思，一邊摘下好多褐色的菇，外套都包不下了還是繼續摘。

陽光出來了，即使是秋天還是覺得有點熱。

不一會兒，掃帚菇大都被採完了，理助稍微晃動那滿滿的一籃，兩手用力壓得紮實點，然後在上面鋪個五、六片鳳尾草葉，再用繩子綁緊。

「回家囉！我們去看看山谷吧！」理助揮揮汗水，往右邊走去。我也緊跟在後。沒多久，理助突然停下腳步，轉身對著我，推了推我的手臂。

「喂，你看，怎麼樣？」我望向前方，正是剛才那鮮紅如火般的山崖。我腦中頓時一片空白，那山崖看起來是那麼地恐怖。

「也看看下面吧！」理助邊說邊把我推向崖邊。我只稍微瞄了一下，便覺得天旋地轉起來。

「怎麼樣？可怕吧！要是你一個人來肯定會掉下去的，不管是明年或以後的任何時候，都千萬不要一個人來喔！一個人過來的話，後果我可不管喔！光是路就認不得了。」理助放開我的手，不懷好意地說。

「嗯，不認得。」我呆呆地答道。

理助笑著往回走。然後他又對著藍天高聲地唱起歌來。

回到剛剛摘野菇的地方後，理助撲通一聲伸直雙腿往地上一坐，背起地上的炭籃，然後拉過兩邊的繩子在胸前打結後說：

「喂，拉我站起來。」

我早已抱著裝滿一外套的野菇在一旁等著，被他這麼一叫，只好放下那包野菇，從後面推了理助的籃子一把。理助站直身子，便笑著往原野的方向走下去。

我也拿起那包野菇，高興得「呀呼！呀呼！」地大叫好幾聲。

在草原上分道揚鑣後，我得意洋洋地回到家。哥哥正搗著豆子，他笑著對我說：

「怎麼專採那麼多老菇回來啊？」

「理助說這褐色的好。」

「理助是嗎？那傢伙太狡猾了。掃帚菇的季節快過了，明天我也出趟門吧！」

我也想跟著一塊去，但因隔天是星期一，只好作罷。

接著那一年的冬天來臨了。

隔年的春天，理助去了北海道的牧場。我突然想到或許理助也告訴過別人香菇的事也說不定，但現在這些香菇都是我的了，因為我連哥哥也沒說。今年一定要採到滿滿的白色菇，好好大顯身手。

一轉眼九月到了。我原本想一個人去，但因為那地方在草原的深處很可怕，方向也不是很清楚，當下便決定邀朋友一起去。

星期六一到，我向藤原慶次郎（註）說了這件事。我說如果他保守秘密我就帶他一起去，慶次郎二話不說，高興地答應了。

「我知道往栖渡的方向喔！我在那燒過木炭，位置還蠻清楚的。走吧！」

我心想沒問題了。

隔天一早，我們帶了個大籠子出門去。想著到時候把籠子裝得滿滿時的情景，就覺得胸口一陣熱血奔騰。

但那天一早卻見東邊的天空紅紅的一片，像是快要下雨了一樣，我們走進柏樹林後，雲層越積越厚，閃閃發亮的柏樹葉也黯淡下來，風更是嘎嘎作響地吹，景色變得令人害怕。

儘管如此，我們還是迅速地往上爬。慶次郎不時地瞇著眼望著前方說：

「沒問題的，就快到了。」其實走山路這檔事，慶次郎可比我擅長多了。

就在這時，我們竟然幸運地找到了掃帚菇。那裡不是前年的那個地方，於是我便跟他說：

「喂，這是新地方欸。這下我們就有兩處野菇山了。」慶次郎聽了高興得漲紅了臉，眼睛、鼻子全擠在一塊，久久無法自已。

「來吧，開始採囉！」我說。於是我們盡挑白的拼命採，去年的事我在我們來的途中已經講得一清二楚。

註　藤原慶次郎：原型是宮澤賢治就讀盛岡中學時的好友藤原健次郎。

不一會兒，籠子已經裝得滿滿的。就在這時，剛才看起來像是要下雨的天空，淅瀝嘩啦地灑下了豆大的雨滴。

「我們會淋濕的。」我說。

「反正都是要濕的。」慶次郎也說。

雨滴愈來愈多，不久便唰地沖洩而下。橡樹葉子啪啪作響，連水珠滴落的聲音都聽得一清二楚。我和慶次郎就這樣站在雨中，任雨水打濕我們，但心裡依然感到開心。

沒多久雨就停了，在剩下的五、六顆雨珠緩緩落下後，便迅速結束。陽光馬上露出臉來。抬頭一看，只見斗大的刺眼太陽從雲層間咻地跑出來，我們不由自主地高聲歡呼。橡樹和柏樹的葉子又開始發出亮光。

「喂，不把這地方記起來，下次要再來的時候會不知道路喔！」慶次郎說。

「嗯，還得把去年的地方找出來。把哥哥也一起叫來吧！明天又不能來。」

「明天放學後再來不就得了。」看來慶次郎並不想讓我哥哥知道。

「回去就天黑了喔！」

「沒關係。總之先找找看吧！山崖應該就快到了。」

我們把籠子放在一旁，往山崖的方向走去。正想著還有多遠時，山崖突然出現在眼前，我嚇得雙手一攔，阻擋住慶次郎的腳步。

「已經到崖邊了，危險！」

慶次郎似乎是頭一遭到這崖邊，一臉驚嚇地久久說不出話來。

「這麼說來，那裡果然就是去年的地方了呢」我說道。

「嗯！」慶次郎有點無趣地點點頭。

「回去吧！」我對他說。

「回家囉！再會啦！」慶次郎大聲地向對邊的紅色山崖叫著。

「再會！」山崖也傳來回音。

我們覺得太有趣了，便拼命地叫喊。

「喂！有人嗎？」

「有人嗎？」山崖那邊傳來回音。

「我會再回來的。」慶次郎叫道。

「會再回來的。」山崖回答。

「笨──蛋」我有點放膽地罵起來。

「笨──蛋」山崖也回了我一句。

「混帳東西！」慶次郎稍稍壓低聲音喊道。

但這次的回音聽來卻是窸窸窣窣的嘟囔般的聲音，像是無法回答似地，又像是同伴之間正商量著不想再奉陪這兩個小鬼的無聊舉動。

我們對看了一下彼此，突然感到莫名的害怕，便一起離開了崖邊。

後來我們帶著籠子迅速地往下走，兩人只是安靜且快步地往前走。雨滴弄得我們全身濕，身體就像是被什麼拉著一樣，但我們還是默不作聲地快速逃離這地方。我愈往前逃，心裡就愈害怕。這時，身後傳來像是哈哈哈的大笑聲。

隔年，我們終究還是告訴了哥哥，和他一起過來。

二十六夜

二十六夜

突然，吟唱聲停止了，森林中恢復一片寂靜，只剩若有似無的啜泣聲從四面八方傳過來，那的確是貓頭鷹的經文。

俄かに声が絶え、林の中はしぃんとなりました。ただかすかなかすかなすすり泣きの声が、あちこちに聞えるばかり、たしかにそれは梟のお経だったのです。

農曆六月二十四日的晚上。

北上川的水比黑色的洋菜還光滑，獅子鼻突出在微弱的星光下。

獅子鼻上的松林，自然也是一片漆黑，繼續往林中走去，那一株株長腳松木高處的樹梢縫隙間，天空的銀河和星座若隱若現。

不知是松果，還是鳥，樹梢上聚集許多黑色物體。

樹林深處的芒草上，夏夜的露珠一顆接一顆地往下掉。

在這片松林的最高處，有人正邊咳邊吟唱著。

「當時疾翔大力告訴爾迦夷，仔細聽好，仔細聽好，要時時想起這話，現在我將為你講述梟鷹諸惡禽的離苦解脫之道。

爾迦夷，亦即展開你的雙翼，虔誠地垂下頭來，離座，低低地飛行，三次讚頌疾翔大力再慢慢地回座，行跪拜禮誠心祈求，疾翔大力、疾翔大力，請為吾等渺小之輩解說吧！請為吾等渺小之輩解說吧！

疾翔大力帶著微笑，頭上罩著金色的光環，那光環照著周遭一圈，諸鳥心中無不充滿喜樂。於是又說道，汝等確實造下諸多惡業。有時趁著夜色，到小禽住處。小禽們有時因終日沐浴於陽光中歌唱跳躍而疲倦不堪，早早沉入甜美夢鄉中。汝等卻振翅躍起將其捕捉，利爪深及其身，鳥兒們痛苦地呻吟，汝等隨即撕裂吞食入肚；又或到沼田之地，啄食螺蛤之類。螺蛤存於軟泥中，心亦柔軟溫和，性喜溫水。突然遭劫至空中，亦或馬上破裂，歸於寂靜。汝等將其啄食，且無懺悔之心。

諸如此等惡業，繁不勝舉。因惡業所致，再造更多惡業。持續不斷無終了之日。白天畏懼日光，又怕人類和諸類猛禽。心無一刻安寧，一日終結梟身，又得新梟身，諸多苦難又再度降臨，永無終結之日。」

突然吟唱聲音停了，林中恢復一片寂靜，只剩若有似無的啜泣聲從四面八方傳過來，那是貓頭鷹的經文。

過一會兒，從遙遠的西方傳來隆隆作響的火車聲。聲音這回改從東方的山丘傳來，喀答喀答地在山谷間迴盪。

林中再度恢復寧靜。朝樹梢定睛一看，果然是貓頭鷹沒錯。有隻大貓頭鷹就停在林中最高的那棵松樹的枝頭最上方，而它四周的樹枝上，早已站滿許多一動也不動，各種大小身形的貓頭鷹。只有偶爾才會聽見細微的嘆氣和啜泣聲。

咳嗽聲又響了起來。

「方才的文章，乃梟鷹守護章，是眾所皆知的偉大經文之一。現在，吾將利用短暫時間，為諸位講解此經文。諸君當應留心聽之。既生而為鳥，終究只能求飽腹而食，疲累而入巢。生而為鳥，所謂單純安樂的生活，即使只有一天，也是相當難求的啊！吾輩為求區區一日之生，須以雀鳥、斑鳩、田螺和蚯蚓等十至二十個生命換得，正如此文所述。如能理解箇中道理，便不應隨意虛度短暫一生。現將進入本文。孩子們，務必忍住睡意啊！聽好囉！」

林中再度安靜下來。方才的火車聲，又在遠處響起。

「當時，疾翔大力告訴爾迦夷說，首先必須提醒你們——這位疾翔大力可不是個普通人。說到疾翔大力，就是施身大菩薩啊！原是鳥兒中發起菩薩心腸，發願而成就的大力菩薩。疾翔，就是快速飛翔之意。捨身菩薩化身回原來鳥身，飛翔在天際時，一揚便是振翅一飛，可行六千由旬（古印度里程單位，即一天的行程），故稱之為疾翔。所謂的大力，即只要有德，身陷火中、水中，只要心唸這位菩薩，捨身大菩薩便會飛身前來拯救，攜你同往明淨的天上，牠縱身火中時，火不能傷牠身上一毛，潛入水中時，水無法沾濕牠一羽，心存高德，即成大力。

所謂的疾翔大力，即捨身大菩薩化為鳥的別名，如此稱呼或許失禮，但此乃鳥類心從誠意奉上的敬稱，只要大家理解即可。」

聲音不一會兒又停了，林中頓時安靜了下來，只聽見下方北上川的深潭中，不知道是鱒魚還是其他生物在水裡彈跳的聲音。

這貓頭鷹不是大僧正就是僧正吧！和尚又開始講道了。

「那麼，為何疾翔大力的身分地位，會比我們這樣卑賤的鳥類還高呢？這是件光榮的事。因為其自身和其他萬物，都因佛祖本願獲得救贖。至於要如何達到如此尊貴的身分地位呢？這可不是件簡單的事。疾翔大力原是一隻雀鳥。棲息在南天竺某個住家的屋頂。一個饑荒嚴重的年度，不僅沒米糧，連果實也找不著，甚至草也枯死殆盡。鳥獸全數餓死，人也一個個地倒下。炎熱的天氣與乾旱，使得人類、鳥類都六親不認，這個世界瞬間進入一個餓鬼道的世界。這時疾翔大力還只是一隻沒有能力的雀鳥，將一切看在眼裡的牠，感於世態炎涼，流下了悲憫的淚水。

尤其是這家的母子兩人，兒子不到六歲，母親也不知道要如何在這樣的饑荒中取得食物，眼看兩人就只能等死，而在上面望見這一切的疾翔大力，卻無計可施。為了報答平日的恩情，這時的牠鼓起勇氣，疲累地揮展雙翅，飛到遙遠的林中為這對母子尋找食物。或許這善念傳達至上天，疾翔大力在某個林中尋得不知名的樹木，高約十丈，果實的顏色、香味皆宜。於是，疾翔大力忘我地來回搬運這些果實到屋頂上，再投下去給這對母子。到了第十趟，因為過度饑餓加上無法負荷果實加諸在身上的重量，疾翔大力五次跌落在地，但為報恩一念，自己絕不啄食這果實。最後，第十趟的果實總算如願地送達這對母子手上，疾翔大力在過度的勞累和緊繃心情的放鬆之下，最後就這樣倒下去了。待牠稍微恢復體力查看下面的模樣時，果然那孩子的精神變好，心情相當愉快，但母親卻未曾食用那果實。眼看母親就要餓倒在地，疾翔大力見狀，便想把自己做為母親的食物，突然緊縮身軀，摒氣從樑上縱身撞地板。本以為這樣的疼痛會一命嗚呼，卻還是存活下來。那家人也是慈悲人，不忍吃掉還生還的牠，更無法坐視不管。於是，終於如願為這對母子所養。如此功德，使疾翔大力最後成就佛身，並獲得法力。接著如同先前所述，疾翔大力成為了縱身火中時，火不能傷牠身上一毛，潛入水中時，水無法沾濕牠一羽的大力菩薩。現在這段話，乃是這位大菩薩憐憫造惡業的我們，為我們講授的救護之道。至於修行之法，就容我休息片刻再做說明。

南無疾翔大力，南無疾翔大力。諸位也不妨放鬆心情，稍做休息。」

最高的那棵樹上的黑影，似乎已啪噠啪噠往前方較低的樹木移動。那果然是隻貓頭鷹。同樣的時間，林中隱約響起一陣翅膀拍動的聲音，鳥嘴的喀嗤喀嗤的聲音與咕嚕作響的低吟聲頓時充滿整個林間。銀河外圍的大熊星座星光閃爍，而東邊山脈的上空已經變亮，染著些微朦朧的金黃色。

之前的火車好像在停車場換了下一班，這回換南方傳來隆隆的駛動聲。這次的火車聲響非常緩慢，聽起來就像是載貨的列車。

這時在漆黑的東方山脈上，有個黃色尖銳的奇怪物體一閃而過。貓頭鷹們也突然騷動了。那是二十四日才會出現的金黃色的角，也就是鐮刀形的月亮。它就這麼突然地高掛在天空，發出如沼澤底處的光似的模糊藍光，朦朧地灑落在樹林中高處的樹梢上，即使是一隻巨大的貓頭鷹振翅飛過，還是可以見到閃爍的銀色。剛才講道處周遭的六棵松樹上，都各停有四隻到八隻的貓頭鷹。突出的較低的三根樹枝上，則停有三隻小貓頭鷹。牠們大概是兄弟吧！每隻都是銀色，身形大小也相差無幾。其中有二隻大概是厭倦了，又是舉起一邊的翅膀，又是搖晃地擺出金雞獨立的姿勢，或是用爪子抓住樹枝倒吊身子，模仿小笠原島上的蝙蝠。

接著他們說話了。

「來，我擺個大字讓你瞧瞧。大字根本就不算什麼嘛！」

「大字連我也擺得出來。」

「真的行嗎？那就擺來看看。」

「看吧！」那隻小小的小貓頭鷹真的擺了個消防員會做的倒立大字形，雖然只是那麼一下下。

「什麼嘛？就這麼一下啊！就這麼一下子？」

「就，有做就好了不是嗎了？」

「那根本不是大字，只是個十字罷了。你的腳根本沒張開嘛！」

「喂，安靜點行嗎？大家都在笑欸！」站在正上方樹枝上的貓頭鷹爸爸，正睜大一雙閃著藍光的眼睛看著他們說。連眼睛周邊的紅眼圈也看得一清二楚。

不過，這對小貓頭鷹兄弟偏偏就是不聽話。

「十字？胡說！哪有那種兩條直線寫成的十字啊？」

「你兩隻腳根本沒有分開嘛！」

「分開了啦！」

「真是強詞奪理耶你。」另外一隻貓頭鷹從枝幹上飛了起來，旁邊的那一隻貓頭鷹也跟著飛起來。兩隻就這麼拍打翅膀打起架來，接著有個銀色的身軀掠過月光，往下降落。

那似乎是貓頭鷹媽媽，是一隻比剛才的貓頭鷹爸爸身型還小一點的褐色貓頭鷹。牠迅速地往下方飛去，接著就聽到下面傳來哭泣的聲音。但沒多久，貓頭鷹媽媽就飛回原來的地方了，兩隻小貓頭鷹也隨後飛上來，各自停回原來的地方用單腳揉著眼睛。貓頭鷹媽媽又訓斥了牠們一次，同時眼睛透著閃閃發亮的藍光。

「真是拿你們沒辦法，連在大家面前都要吵架。為什麼不學學小穗吉，乖乖地待在原地呢？」

名叫穗吉的貓頭鷹，似乎是三隻中最小，也是脾氣最溫和的。他總是面朝前方，一動也不動，從頭到尾都安安靜靜地停在樹枝上。

站在這棵樹的最高一根枝幹上，銀色的中等身材、鼓著兩邊的胖臉頰，趁現在休息時間，悠閒地在銀色的月色中打盹的，正是貓頭鷹爺爺。

月亮越升越高，星座也繞了大半圈。天蠍座正往西沉下，銀河也斜移了大半邊。

剛才那隻老和尚貓頭鷹，正從前方的低矮松樹斜斜地飛過來，停在之前講道的枝幹上。

林中的喧鬧聲一瞬間全停止了，瞬間變得好安靜、好安靜。不知道是不是風的緣故，之前從沒聽到的遠方流水聲，此時變得清晰可聞。老和尚貓頭鷹咳了二、三聲後，便又開始講起道來。

「這時，疾翔大力告訴爾迦夷說，仔細聽好，仔細聽好，要時時想起這話，現在我將為你講述梟鷹諸惡禽離苦解脫之道。

爾迦夷，亦即展開雙翼，虔誠地垂下頭來，離座，低低地飛行，三次讚頌疾翔大力後再慢慢地回座，行跪拜禮並誠心祈求，疾翔大力、疾翔大力，請為吾等渺小之輩解說吧！請為吾等渺小之輩解說吧！

疾翔大力帶著微笑，頭上罩著金色的光環，那光環照著周遭一圈，諸鳥心中無不充滿喜樂。於是又說道，

汝等確實造下諸多惡業。有時趁著夜色，來到小禽住處。小禽們有時因終日沐浴於陽光中歌唱跳躍而疲倦不堪，早早沉入甜美夢鄉中。汝等卻振翅躍起將其捕捉。利爪深及其身，鳥兒們痛苦地呻吟。汝等隨即予以撕裂吞食入肚；又或到沼田之地，啄食螺蛤之類。螺蛤存於軟泥中，心亦柔軟溫和，性喜溫水。突然遭劫至空中，亦或馬上破裂，歸於寂靜。汝等將

其啄食，且無懺悔之心。

諸如此等惡業，繁不勝舉。因著惡業所致，再造更多惡業，持續不斷無終了之日。白天畏懼日光，又怕人類和諸猛禽。心無一刻安寧，一日終結梟身，又得新梟身，諸多苦難又再度降臨，永無終結之日。接著，在前面講座上，我們說過把捨身菩薩稱為疾翔大力的緣由，也談過成就發願的因緣，接下來便是祂告知爾迦夷的內容。爾迦夷是和現在的我們一樣的貓頭鷹，牠和我們的祖先一起生活過。現在我們稱他為爾迦夷上人，每月的十三日是他的紀念日。只要是貓頭鷹，每個家中都要在十三日拔取小橡樹的葉子，獻給爾迦夷上人，這是因為爾迦夷上人是住在小橡樹上的。這位爾迦夷上人早就覺悟到身為貓頭鷹的悲哀，尋求解脫之道，最後總算不負一番苦心，幸遇疾翔大力，得以聽到這番珍貴的教誨，而終能得道昇天。這就是說給爾迦夷的道理。仔細聽好，仔細聽好，要時時想起這話。靜下心來好好聆聽吧！靜下心來好好聆聽吧！不管是什麼樣的弘法講座，沉靜心思仔細聆聽都是最重要的，心不在焉就什麼也聽不到的。」

然而這時，剛剛才吵過架的兩隻小貓頭鷹卻聽煩了講道，又開始瞄起對方來。牠們在茂盛的枝葉底下，四周一片漆黑，兩隻都盡可能地張大著眼睛，宛如燃燒的磷般燃著熊熊的藍光。終於兩隻貓頭鷹都忍不住開了口：

「你的眼睛還真大呢！」

這聲音好在沒被有點耳背的老和尚貓頭鷹給聽見，但是其他的貓頭鷹都一致往這裡看來，叫穗吉的小貓頭鷹覺得很不好意思，但也只能畏畏縮縮地低下頭。而躲在枝幹下的這兩隻貓頭鷹，似乎完全沒察覺到眾人投射過來的目光，

「喂，我們偷跑出去玩吧！」

「去哪裡？」

「實相寺的樹林啊！」

「真的要去嗎？」

「嗯，去呀！穗吉也一起去嗎？」

「不！」穗吉搖搖頭。

「現在我將為你講述梟鷹諸惡禽離苦解脫之道……」講道仍然繼續著。

兩隻小貓頭鷹早已悄悄地逃離，穗吉的身子越來越僵硬，像是要獨自聽完兄弟三人的份。

＊　＊　＊

隔天六月二十五日的晚上。

正好是和昨晚同樣的時間，講道尚未開始，那個講道的和尚正靜靜地閉著眼睛站在高高的講道樹枝上，四周也和昨晚一樣停了許多貓頭鷹。不知怎地，大家似乎顯得相當激動。有的女貓頭鷹還嗚嗚咽咽地哭了起來，男貓頭鷹則像是再也無法忍耐似地，渾身不安地躁動著。至於昨晚那三兄弟家族中站在最高處的貓頭鷹爺爺，則早已哭得淚眼汪汪，臉頰還不時地抽動著，淚水從紅腫的雙眼裡滾滾地滑落下來。

貓頭鷹媽媽也正抽抽噎噎地哭著。愛胡鬧的兩隻兄弟當晚不可思議地乖巧坐著，偌大的眼睛只是專注地往下看。而貓頭鷹爸爸則是頻頻地望著西方。奇怪的是，那個溫和乖巧的穗吉卻不見蹤影。這時起了點風，松樹樹梢也跟著微微地搖晃起來。

天空四處飄著雲朵，所有的星星也宛如被遮蔽似地黯淡無光。

突然，從西方飛來一隻大大的褐色貓頭鷹。牠停在入口處的矮低樹上，用低沉的聲音說：

「還是不行！穗吉小弟弟似乎放棄了。剛才還口齒流利地說著話，現在卻一動也不動地站在石臼上。然後繩帶好像不太一樣，之前是右腳，這回則是綁在左腳，而且還是紅色的。

但唯一值得慶幸的是，人類他們都睡著了。剛剛用手指去戳穗吉眼睛的小孩，已經套上兜肚，睡成個大字形了。」

穗吉的媽媽，像是著了火似地放聲大哭，林中的女貓頭鷹也跟著抽抽噎噎地哭起來。

和尚貓頭鷹抬頭盯著星空看，接著輕聲問道：

「這個世界就是這樣，傷心的事總是層出不窮，為什麼這麼乖巧的孩子會跑到被人類抓走的地方去呢？」

站在說道樹旁邊的灰色貓頭鷹恭敬地回答。

「今早天快亮，他們兄弟三人便準備要出門，但並不是去人類會出沒的地方。漸漸地太陽出來了，過於刺眼的陽光使得他們三個暫時閉上了眼。就在這時，剛好有兩個孩子過來割草，在穗吉還沒意會過來時，其中一個悄悄地爬上來，一把抓住穗吉的腳。」

「哎，真是可憐，太悲慘了，那麼乖的小孩，為什麼會遭遇這樣的事呢？如果可能的話，真希望我能代替他受苦。」

林中又陷入一片靜默。過了一會兒，又有一隻貓頭鷹拍著翅膀飛了回來。

「穗吉啊！正在石臼上走著。他想盡辦法要扯斷那條紅繩帶，不過沒有那麼容易。我也想趁機飛進去幫他，在那戶人家周邊繞了好幾圈，就是找不到空隙。真的是可憐啊！穗吉那孩子，他居然沒有哭。」

貓頭鷹媽媽，啪噠啪噠地眨著泛淚的大眼睛問道：

「那戶人家沒有貓吧？」

「嗯，好像沒看到有貓喔！應該是沒有吧？我觀察了好一會兒，還是沒有看見。」

「那我就放心了。對不起，給各位帶來麻煩，都是穗吉自己不小心造成的。」

「不、不，沒有這回事。連那麼聰明的孩子也遇上麻煩，實在是沒辦法！」

林中的女貓頭鷹像是套好似地，異口同聲地說。那聲音不只傳過二個小鎮，連被抓到西方大茅廬屋頂上的穗吉，都隱隱約約聽得到。

貓頭鷹爺爺屢次哽咽著聲音對貓頭鷹爸爸說：

「事到如今也沒辦法了。你就偷偷前去教教穗吉，千萬不要再胡亂掙扎、隨便咬人。今天大家都知道他還活著，便會給他帶些田螺去，叫他一定要像從前一樣溫馴，絕對不要違逆人類。你就這麼去跟他說吧！」貓頭鷹爸爸低著頭靜靜地聽著。

在一旁的貓頭鷹和尚也盡可能地傾耳聆聽，了解一切後又附帶說：

「是啊！是啊！真是好建議。你就這麼對他說吧！會遭到這樣的下場，必定是做了什麼壞事的因果報應，不可心懷怨恨。現世的罪惡無數，前世的罪惡也多得不勝枚舉，發生這樣的災難，還是趁早放棄，不要一個人過度哀嘆，哭泣過度會使得心志沉淪，對身體也沒有好處，即使腳上綁有繩帶，既來之，則安之，你就跟他這麼說吧！話雖如此，被抓的人是怎麼想那又是另一回事了。這樣是沒什麼壞處，但也沒什麼幫助。啊！真是可憐，令人感傷啊！」

貓頭鷹爸爸一連點了好幾次頭。

「謝謝、謝謝你！我一定會跟他這麼說的。他要是聽了這話，就是死也瞑目！」

「哪裡、哪裡，別這麼說……還有呢，再怎麼被飼養，人類孩子的想法總是瞬息萬變的，而且附近又有貓、狗，如有萬一，請叫他就唱誦著疾翔大力的名號吧！啊，願神保佑他！」

「真是謝謝你。那麼，我這就走了。」

貓頭鷹媽媽抽抽嗒嗒地說：

「啊，如果可以的話，叫他在活著的時候，早晚兩次大聲地叫給我聽吧。」

「好的。那麼，我走了。」

貓頭鷹爸爸展翅拍了二、三次，便無聲無息地滑著飛出去。貓頭鷹和尚一直目送著他離去，然後突然一臉嚴肅地說：

「各位，一直哭也不是辦法。這個世界無邊苦海，又稱為忍土。大家心中盡是不忍，淚水終究沒有擦乾的時候。因此，我們眾生應盡早尋得解脫之道。基於這層因緣，眾生當誠心一意地聽好。即使只有一人因穗吉而發菩薩心腸，穗吉的功德和在座各位的功德，都將永無止境，大家務必認真聽講。我要繼續昨晚的講道。

「這時，疾翔大力告訴爾迦夷說，仔細聽好，仔細聽好，要時時想起這話，現在我將為你講述梟鷹諸惡禽離苦解脫之道。

爾迦夷，亦即展開你的雙翼，虔誠地垂下頭來，離座，低低地飛行，三次讚頌疾翔大力再慢慢地回座，行跪拜禮誠心祈求，疾翔大力、疾翔大力，請為吾等渺小之輩解說吧！請為吾等渺小之輩解說吧！

疾翔大力帶著微笑，頭上罩著金色的光環，那光環照著周遭一圈，諸鳥心中無不充滿喜樂。於是又說道，

汝等確實造下了諸多惡業。有時趁著夜色，來到小禽住處。小禽們有時因終日沐浴於陽光中歌唱跳躍而疲倦不堪，早早沉入甜美夢鄉中。汝等卻振翅躍起將其捕捉。利爪深及其身，鳥兒們痛苦地呻吟。汝等隨即予以撕裂吞食入肚；又或到沼田之地，啄食螺蛤之類。螺蛤存

於軟泥中，心亦柔軟溫和，性喜溫水。突然遭劫至空中，亦或馬上破裂，歸於寂靜。汝等將其啄食，且無懺悔之心。

諸如此等惡業，繁不勝舉。因著惡業所致，再造更多惡業。持續不斷無終了之日。白天畏懼日光，又怕人類和諸猛禽。心無一刻安寧，一日終結梟身，又得新梟身，諸多苦難又再度降臨，永無終結之日。

昨晚，我們經由上述的講授，諸鳥得比滿懷喜樂。現在就讓我們接下去吧！此番說法乃疾翔大力應爾迦夷上人之請，直接進行的說法。汝等確實造下諸多惡業。汝等，本是對我們梟鷹之類所說的，但原意指的是梟，其後所提出的諸罪相，皆是對我們而言。所謂的惡業，惡即是錯誤，業乃是梵語中的因果報應，一切過去所做必將以報應出現即為業，而有善業惡業。此處要說的是惡業。關於這事，我們將接著為大家舉例解說。

有時趁著夜陰，來到小禽之處。各位，這可不是他人之事喔！大家好好地捫心自問。夜陰即是暗夜。趁著夜陰即趁著黑夜之便。來到小禽之處，小禽指麻雀、山雀、鷗鳥、金翅雀、伯勞、鷦鷯、松鴉、班鳩等所有體形較小、較弱的鳥禽。說到牠們來到這些體形嬌小、軟弱無力的鳥禽之家，當然不會是單純的拜訪，自然也不是來玩的，而是內心暗藏著殘忍的心思，外表又浮現出恐怖悲哀的夜叉相，悄悄地潛進來的。當此說法之時，吾輩之心尚存善念，聽法至此，諸位莫不戰慄害怕，無法安坐。不過，這是不夠的！若是疾翔大力在此，想必會是更激烈的說法吧！諸位請務必用心來聽法。

接下來小禽早已終日沐浴陽光之中，歌唱跳躍，全無疲態，只是永遠沉浸在酣美的睡眠中。這可不是他人之事。就在今早的穗吉，便不知在何處承受這樣的驚怕呀！」

講道和尚的聲音，時而轉為嗚咽哭泣，穗吉的貓頭鷹媽媽更是哭得肝腸寸斷，在座的女貓頭鷹也隨後一隻隻地哭了起來。

接著連男貓頭鷹也哭了。林中頓時一片抽抽噎噎的哭泣聲，風吹了起來，樹木也喀拉喀拉地晃動了起來。星星漸漸升起，紅色的火星也沉入西邊的天空。

貓頭鷹和尚費力地咳了一會兒，好不容易恢復過來，又繼續講起道來。

「諸位，首先請試著把自己當成鵪鶉看看。知道嗎？天道行者，把金色弓箭往東方的天際射去，林樹搖擺著綠枝幹，快樂地歌唱著，這裡頭更有我們的朋友，從這個枝頭到那個枝頭，那棵樹到這棵樹的，在天道行者的和光中，只是不停地唱著，白天則靜靜地躲在葉片下，接著又鳴叫著朝著藍天飛去；又或是來到小溪流旁和心志相投的朋友貼近合聲鳴唱；然而，天道行者又忽然躲起身子，身子疲憊得軟趴趴，眼看就像油一樣地溶化掉。

曾幾何時，當你閉起雙眼，夢見白天的景致，身體仍停在枝頭上，心卻早已飛遠，就這樣沉浸在酣美疲憊的睡夢之中。這時，突然一股戰慄上身，是夢境成真嗎？睜眼一看，身子竟已被撕裂，還流著血呢！如同兩只燃燒的火炬般的銳利眼光正盯著我。結果呢？想要發出聲音，拼命狂喊卻叫不出來。因為利爪早已深入身子，抽動的小禽痛苦又發不出聲音。這些情景，都是被抓者所看到的。若是捕捉的一方，自然是躍身一抓，牠們感覺不到任何罪惡地沉睡去。只是猛力的一擊，縱身撲去，利爪撕裂那柔軟身子，可憐的鳥兒卻發不出任何聲音，這一方卻是不止的嘲弄，猛然抓撕。這是何等悲哀的事啊！這個身子如今或為法師，也曾襲擊過鳥和魚，回想昔日真是不堪回首。啊！這罪惡的身子，在每晚的夢中，盡是夜叉的惡業。宿業的可怕，只能愕然以對。」

風沙沙地吹來。樹木像浪濤般地擺弄著，貓頭鷹和尚也像坐在海面船上般地晃動著。

東邊的山頭上，昨天的金角，即二十五日的月亮，又比昨天更加消瘦了。林中充滿淡薄的霧氣，貓頭鷹爸爸悄然地從西方飛了回來。

＊　＊　＊

農曆六月二十六日的晚上。

夜空是如此地清新，銀河的水顯得晶瑩冰涼，裡頭的沙子好像粒粒可數般，只要閉上眼睛，似乎就能聽到那潺潺的水流聲。不過，那或許只是從天際吹來的風聲罷了。星星就像在光的另一頭似地，時而晃動，時而忽明忽滅。

今夜，貓頭鷹仍然群聚獅子鼻上的松樹林中。今晚穗吉也來了，雖然來了，卻不是站在前天同樣的地方，而是比爺爺站的地方還更高、更高的地方，小小的二根樹枝交叉著，還突出四、五根更小的枝條，形成個像缽的模樣的地方，不知從何處帶來的稻草屑和毛髮鋪在上頭的一個臨時窩巢。穗吉就待在裡頭，身子有點斜靠，眼睛緊閉著。貓頭鷹媽媽和兩隻小貓頭鷹兄弟就圍坐在穗吉旁邊，支撐著穗吉的身子。今夜，林中的貓頭鷹沒有人哭泣著，卻個個氣憤難平，跟昨夜完全不一樣。

「傷口怎麼啦？有沒有好點？」

那隻貓頭鷹和尚站在老位子溫柔地詢問著。穗吉似乎想要說些什麼，卻只能眨眨眼睛，媽媽替牠回答了。

「總算是穩定下來了。不過，還不太能說話。儘管如此，牠還是希望能夠參加今天的講道。所以請開始今天的講道吧！」

貓頭鷹和尚抬頭看著夜空。

「真是值得敬佩啊！就是因為這樣的心，即使腳折斷了，還是要回到父母身邊。真不知人類為何要將原是健全的兩隻腳，毫無意義地折斷，真是可恥的人類之心啊！」

「即使放了牠，兩隻腳被折斷，又要如何能飛得穩呢？看牠掉落在芒草堆中哀哀地哭泣，又正值白天，誰也沒有發現，終於等到傍晚時分，我們前往尋找才總算得救啊！」

「嗯，真是的。不過，我們是不能對他人心懷仇恨的。大家都是這樣的。恨意會使你的心化為修羅(註)，所以即使受到傷害也不能心存恨意。」

穗吉恍恍惚惚地聽著這一切。其他孩子們卻早已厭倦地說著：「逃跑吧！」，把穗吉帶去了外頭。就在這時，穗吉的腳啪地一聲斷了，兩隻腳至今仍在隱隱作痛。張開眼睛一看，周邊天旋地轉，天空也是忽高忽低地晃來晃去，大夥兒的聲音則像是在水底聽似的朦朧不清。啊！我一定是死了，與其這樣地痛苦，倒不如死了算了。但這樣的話，爸爸、媽媽又會傷心哭泣吧！說到哭泣，爸爸和大家是否還在我旁邊呢？啊！好痛！好痛！穗吉無聲地哭了。

「這些人類真是太殘忍了！下次遇有雜草起火的晚上，我非要叼根燃燒的長茅草往那屋頂丟下不可。要是叼個十根或是二十根，八成一下子就燒光。不過，火燒屋又未免太輕鬆，還有沒有更狠一點的呢？」

於是，隔壁便接著答話。

「趁著窗戶沒關，飛進去啄那些人類孩子的頭。渾球！」

貓頭鷹和尚只是默默地聽著大家的話，然後靜靜地說：

「諸位，這是萬萬不行的。要是做出如此過份的事，肯定又要遭受到報復，這可成了用血洗血的惡性循環啊！一方稱了心，另一方便又燃起復仇怒火。不知何時又要遭到更嚴厲的報仇！此生終了再到來生，都無法消除這樣的妄執。最後一起投入修羅之地，才暫時不再有空互相爭鬥，因此，請絕對不要有此念頭啊！」

這時傳來貓頭鷹媽媽急切尖銳的叫聲。

「穗吉！穗吉！振作點！」

大家嚇了一跳。穗吉的爸爸也趕忙飛往穗吉待的那個枝頭，卻因為沒有停腳之處，只好

註　修羅：佛教世界觀的「六道」，地獄、餓鬼、畜生、修羅、人、天，之一。代表戰爭不止、腥風血雨的地方。在此則指這樣的精神狀態。

又往更上面的枝幹停。穗吉的爺爺也趕了過來。大家也都圍到了一旁。不知怎地，穗吉斷掉的腳不住地顫抖著，眼睛已翻白。貓頭鷹爸爸高聲吼叫著。

「穗吉！振作點！現在講道要開始了。」

穗吉突然張開了眼。接著，把身子稍微坐正起來。看不到的雙眼勉強地往前方望著。

「啊！太好了。果然是因為太累了。」女貓頭鷹你看我，我看你地同聲慶幸。

貓頭鷹和尚說話了。

「那麼，開始講道吧！諸位請回原處。今夜是二十六日。下個月的二十六日就是大家都知道的守二十六夜了。當月亮出現天子山上，放出光芒之際，疾翔大力、爾迦夷、波羅夷的三尊，將會現身於東方的天空。今夜的月亮不同以往，實在不是心之所願。穗吉小弟，既是一心聽法，我們就趕緊開始吧！穗吉小弟，或許身體非常痛苦，而無法聽進經文，但在你痛楚的心中，將會有疾翔大力為你刻下的慈悲，這才是真正的菩提啊！」

貓頭鷹和尚的聲音又有點變了。在座的全部一片靜悄無聲，林中已可聽見秋蟲的鳴叫聲。

和尚把呼吸稍做調適，再重新以嚴正的聲音唸聲佛號後又繼續講起道來。

「梟鷹救護章、梟鷹救護章，諸位仁者請合掌仔細聆聽。我現在承受疾翔大力的神威力量，為各位講說梟鷹救護章的一節。只是祈願，那如來大慈大悲便為我等之小願來現出大神力，化解妄言綺語的淤泥於無形，而成光明顯色之淨琉璃，為我等從浮華之中開出清淨的青蓮華。至心欲願，南無佛、南無佛、南無佛。

這時，疾翔大力告訴爾迦夷說，仔細聽好，仔細聽好，要時時想起這話，現在我將為你講述梟鷹諸惡禽離苦解脫之道。

爾迦夷，亦即展開你的雙翼，虔誠地垂下頭來，離座，低低地飛行，三次讚頌疾翔大力再慢慢地回座，行跪拜禮誠心祈求，疾翔大力、疾翔大力，請為吾等渺小之輩解說吧！請為吾等渺小之輩解說吧！

疾翔大力帶著微笑，頭上罩著金色的光環，那光環照著周遭一圈，諸鳥心中無不充滿喜樂。於是又說道，

汝等確實造下諸多惡業。有時趁著夜陰，來到小禽住處。小禽們有時因終日沐浴於陽光中歌唱跳躍而疲倦不堪，早早沉入甜美夢鄉中。汝等卻振翅躍起將其捕捉。利爪深皮其身，鳥兒們痛苦地呻吟。汝等隨即予以撕裂吞食入肚；又或到沼田之地，啄食螺蛤之類。螺蛤存於軟泥中，心亦柔軟溫和，性喜溫水。突然遭劫至空中，亦或馬上破裂，歸於寂靜。汝等將

其啄食，且無懺悔之心。

諸如此等惡業，繁不勝舉。因著惡業所致，再造更多惡業。持續不斷無終了之日。白天畏懼日光，又怕人類和諸猛禽。心無一刻安寧，一旦了解梟身，又得新梟身，諸多苦難又再度降臨，永無終結之日。

昨夜，我已舉例過那諸多的惡業，今夜將接著繼續說下去。

因著惡業所致，又再造更多惡業，話雖不多，意義卻是深遠。稍前眾人想向人類報復的議論正是如此，從一個惡業可見到一個惡果。從這個惡果，又衍生出新的惡業。如此展開來，終將永無完結之日。就如同車輪的轉動一樣沒有止境，這就叫輪迴，亦稱因果。由惡往更惡發展。惡念一起，便永遠到不了盡頭。永遠沒有結束的一天，抬頭望去處處惡因，事事惡果，一個惡果又是另一個惡因的開端。就像這樣，永遠游不到岸邊來。白天畏懼陽光，又要提防人類和諸強鳥。心靈沒有片刻的寧靜。希望大家能理解我所說的因果之中的痛楚苦態。

可嘆的是，我等皆懼怕著光明的日天子，終身只能與黑暗為伍。東邊天際漸明，日天子的金黃色弓箭一發，我等便要急急逃去。若是在白天睜著雙眼，肯定要為日天子的金黃色弓箭所傷。我等的惡業之身可見一般。另外，談到面對人類和諸強鳥。提到畏怕人類，並不是今夜眼前才說的事。大家仔細想想吧！至於害怕諸強鳥，即使不是如鷹或鷳等強猛鳥類，大白天的我們可是連烏鴉也十分懼怕啊！遇上鷳時，對方馬上從天而降，就如同我等擭捕小鳥一樣的姿勢，瞬間立刻在空中被撕裂了身子，即便有所反抗，也無任何作用，這的確確就是我等殘暴又悲哀的身子。」

貓頭鷹和尚突然沒了聲音，今夜北上的火車聲又響起。聽到這聲音，貓頭鷹們雖然全哭了，卻還是想著火車鑲著整排紅色燈光的窗子。貓頭鷹和尚又繼續講道：

「大家暫時沉澱一下心情吧！諸位可曾有過片刻從容不迫，沒有任何驚嚇受怕之時？大家應該都是無時無刻都在警戒著吧！這便是所謂的一日終結梟身，又得新梟身。哭泣、惱悔、悲傷，終於年歲已老患上重病，經歷多重艱難，然後死去，心想或許便可從此脫離這惡鳥肉身，事實卻總無法如願。因為深及肉身的罪業又再度生而為梟。就像這樣，一百世、二百世，乃至於流於萬劫不復之地，都無法擺脫這具梟的肉身。身披諸難卻永無清償之日。什麼也沒有，盡是苦難罷了！看，東方又將變成金黃色，該是月天子昇起之時。下個月的二十六夜一到，我們將在這月光下祭拜疾翔大力尊者，但是，今夜的參拜也不可少，各位，請奉上我等的誠心參拜吧！」

二十六夜的金色鐮刀狀月亮，正緩緩地昇上天來。四周瞬間亮了起來，底下突聞聲聲的蟲鳴，遠處的流水聲也愈發清晰。眼看月亮已升至桔梗色的天空中。看來就像一艘不可思議的黃金船。

突然，大家直覺呼吸快停止似的，因為就在那一艘月亮船隻的右弦前端，突然像是放煙火般地，霹靂啪啦地不停噴出美麗的紫色煙霧。不久，那煙霧拖長了尾巴，在月亮下方的山頭上形成了令人驚豔的紫色雲朵。在那雲朵頂上，站著三個發出金光的挺拔身影。站在正中央的那人個子高，大大的眼睛一直盯著這邊看。連衣服的一條條皺折都看得清清楚楚，上頭還有星星嵌上的漂亮瓔珞。月亮正好在那人身後形成一圈光輪。

那個人左右各站著身高較矮的人，雙手合掌，面容端莊。那光輪發出朦朧的金黃色霞光，後面還可見到藍色的星星。雲朵慢慢地往這邊靠近。

「南無疾翔大力，南無疾翔大力。」

大家高聲喊出，那聲音響徹整片樹林。雲朵越靠越近，捨身菩薩的身軀高大威猛，發著亮光的左手像是往這邊招手似地伸長，接著，周遭突然散發出一股難以言喻的香味，然後再也不見那紫雲和疾翔大力的身影。只見那清澈的桔梗色天空依舊，剛剛金黃色的二十六夜的月亮也仍高掛在上頭。

「咦？穗吉沒有呼吸了！」穗吉的兄弟們突然叫了起來。

穗吉的身子冰冷，嘴巴微張，臉上帶著微笑，早已斷氣多時。這時遠方又傳來火車的聲音。

虔十公園林

虔十公園林

其實這是虔十這一生中唯一一次對人說出頂撞的話。然而平二覺得自己被為人善良的虔十瞧不起，突然惱羞成怒地挺向前去，摑了他耳光。

実にこれが虔十の一生の間のたった一つの人に対する逆らひの言だったのです。ところが平二は人のいい虔十などにばかにされたと思ったので急に怒り出して肩を張ったと思ふといきなり虔十の頬をなぐりつけました。

虔十（註）總是綁著繩腰帶，笑嘻嘻地在樹林或田裡悠閒地走著。

虔十看到雨中綠油油的灌木叢，就會興奮地眼睛眨個不停；發現馳騁在藍天的老鷹，就會跳起來拍手告知眾人。

但是孩子們老是把虔十當傻子，所以虔十便開始壓抑自己，不再隨便亂笑。

風沙沙地吹，把山毛櫸葉吹得一閃一閃發光，虔十心中狂喜不已，忍不住就要笑出來，但還是勉強地張大嘴巴，哈哈地吐氣強忍著，然後就站在原地望著那棵山毛櫸，久久不動。

有時候，又假裝張著大嘴很癢的樣子，用手指頭邊搔邊哈著氣無聲地笑著。

因此遠遠看來就像是在搔著嘴邊或是打著呵欠，但靠近一看還是可以聽到他憋笑的氣息聲，嘴唇還會一顫一顫地抽動，所以孩子們還是繼續取笑他。

聽了母親的交代後，虔十裝了五百杯的水，一天一杯地倒往田裡的草堆中。

但是虔十的母親和父親卻沒把原因告訴他。

虔十家後面，有個差不多運動場大的草原，是還沒被開發的田地。

有一年，山上仍舊一片白雪覆蓋，草原上還沒長出任何東西，虔十突然跑到家人面前。

「媽媽，我要買七百株的杉苗。」

虔十的母親放下手邊閃閃發亮的鐵鍬，直盯著眼前的虔十看。

「杉苗七百株，種在哪啊？」

「家後面的草原上。」

這時虔十的哥哥說話了。

「虔十，樹種在那裡是活不了，倒不如多少幫忙一下田裡吧！」虔十不好意思地低下頭。

虔十的父親在前面擦著汗，伸直了身子說：

「買給他，就買給他吧！到現在為止，虔十從未跟我們要求過什麼。就買給他吧！」

虔十的母親這才放心地笑開來。虔十高興得拔腿便往家裡跑。接著他從倉庫起出鋤頭，迅速地翻開草地，開始挖出種杉苗的洞來。

虔十的哥哥隨後趕來，見到眼前的光景便說：

「虔十，種杉樹時土不挖鬆是不行的。明天我一起來幫忙吧！」虔十不好意思地放下鋤頭。

註　虔十：在宮澤賢治的作品以及手帳中，都曾出現過「Kenju Miyazaki」，因此或許是在暗示讀者可以把「虔十」視為「賢治」的一種投射。

隔天的天氣晴朗，照得山上的白雪閃閃發光，雲雀飛在高空啾啾地叫著。虔十高興得忍不住笑了起來，然後照哥哥的吩咐，從北方的邊緣開始挖起。老實說，他挖得不但直，而且間隔取得剛好。虔十的哥哥就沿著這些洞，埋下一株株的樹苗。

這時，在草原北邊有塊田的平二叼著根煙管，雙手抱胸，怕冷似地縮著肩頭往這裡走來。平二雖然會做點農事，其實卻專幹些惹人厭的事。平二對虔十說：

「唉呀，虔十，別在這裡給我種衫木！果然是個笨蛋呢，照到我家田裡的陽光會被遮住啦。」

虔十紅著一張臉，想說些什麼又手足無措。於是虔十的哥哥開口了，

「平二先生，早啊！」說著便擋在他的面前，平二才嘀咕著慢慢地走開。

然而嘲笑虔十在那片草原上種杉木的人，絕不只平二。

「那種地方根本長不出杉木的，底層是冷硬的黏土啊，笨蛋就是笨蛋。」大家其實都是這麼說著。

事實也真是如此。杉木綠色的樹幹花五年的時間往上竄，然後樹頂慢慢變圓，到了第七或第八年，高度才到達九尺多。

有天早上，虔十站在林前時，有個農民開他玩笑說：

「喂，虔十。你沒給杉木剪枝嗎？」

「剪枝是什麼？」

「剪枝就是用刀把長在下面的樹枝給剪掉。」

「或許我也該剪枝了。」

虔十於是跑回去拿把刀子過來。接下來，他便開始從一邊啪嗤啪嗤地砍下杉木下面的樹枝。不過因為只有九尺高，虔十還必須稍微彎下身子，才能鑽到杉木下。

到了晚上，每棵樹上都只剩下上方的三、四根樹枝，其他的都全被砍光了。

充滿濃濃綠意的樹枝全被埋在草堆裡，那片小小的樹林一時之間，突然變得好亮、好寬廣。

或許是一下子變得太空曠，虔十的心情相當低落，胸口一陣刺痛。

虔十的哥哥正好在這時從田裡過來，一見樹林，忍不住笑了出來。然後高興得對虔十說：

「原來是在收集樹枝啊，這樣以後就不缺木材了。樹林也變得更有派頭了。」

虔十這下才放心，並和哥哥在杉樹下撿起所有掉落的樹枝。

下面的草長得又短又漂亮，簡直就像是仙人們在下棋的地方似的。

又隔了一天，虔十在倉庫撿些蟲蛀的大豆，樹林裡卻喧鬧不已。到處聽得到模仿發號司令的喇叭聲、踏步聲，以及宛如鳥類從中四散飛起的笑鬧聲，虔十嚇了一跳，趕忙過去一看究竟。

令人吃驚的是，有五十幾個剛放學的孩子們，全排成一列，正踏著整齊的步伐行進在那片杉木林中。

走過一列一列的杉木就像是走在林蔭道上。穿著綠色制服的杉木，看起來像是整齊列隊似的。孩子們的興奮之情難以掩飾，每個都紅通通的一張臉，學著伯勞鳥的叫聲在杉木列中走著。

很快地，這些杉木行列就被取了像是東京街道、俄羅斯街道和西洋街道之類的名字。

虔十也高興得躲在杉木後，張著大嘴哇哈哈地笑了起來。

在那之後，每天都有許多小孩子聚集在此。

但雨天時孩子們是不會來的。這一天，就在雪白柔和的天空淅瀝嘩啦地下著雨時，虔十孤單一人，全身濕漉漉地站在林外。

「虔十啊，今天又來站崗了嗎。」穿著蓑衣路過的人笑著對他說。

杉木長出茶褐色的果實，晶瑩剔透的冰涼雨珠從茂密的綠色枝幹前端啪噠啪噠地滴落。

虔十張著大嘴呼吸，身體在雨中散發著熱氣，一動也不動地一直站在那裡。就在某個霧氣濃厚的清晨。虔十不巧在茅草場上撞見了平二。

平二小心地看看周遭，然後露出像惡狼般的可怕表情怒吼道：

「虔十！把你那片杉樹給我砍了！」

「為什麼？」

「杉木遮住我田裡的陽光了啦！」虔十默不吭聲地低下頭。

雖然平二說杉木林遮住了他的田，但杉樹的樹影連五寸都不到。再說，杉木還能擋住南邊吹來的強風呢。

「砍掉、砍掉、快砍掉！」

「不要啊！」虔十抬起頭來，有點怕怕地說。他那嘴唇像要哭出來似地顫動著。

其實這是虔十這一生中唯一一次對人說出頂撞的話。然而平二覺得自己被為人善良的虔十瞧不起，突然惱羞成怒地挺向前去，摑了虔十耳光——重重的一記耳光。

 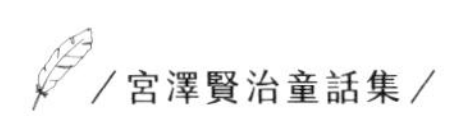

虔十摸著臉頰，默默地挨了一巴掌，最後只見四周一片白，腳步也踉踉蹌蹌。平二眼見情勢不對，趕忙抱著胸偷偷地往霧中走去。

虔十在那年秋天患上傷寒死去了。平二也在那十天前因為這個病死了。

但這件事絲毫沒帶來什麼影響，杉木林每天還是聚集了許多孩子。

這故事進展加快腳步了。

隔年這村子裡建了鐵路，距離虔十家三個小鎮遠的東邊變成了停車場，到處都是陶瓷器的工廠和製線廠，那一帶的田地逐漸地消失，蓋起了一棟又一棟的房子。不知不覺中又形成了另一個城鎮。但不知道是什麼原因，唯獨虔十那片樹林被保留了下來。那裡的杉木總算長到了一丈多，每天都聚集了許多孩子。因為就在學校的旁邊，孩子們慢慢地就把那片樹林和樹林南邊的草原當成是運動場了。

虔十父親的頭髮已經白了，應該說是全白了。虔十死後至今都已經快有二十年了。

有一天，以前離開這個村子，如今成為美國某大學教授的一個年輕博士，在十五年後再度回到家鄉。

哪裡還留有昔日的田地和森林的影子呢？村裡的人也大多是從外地進來的。

儘管如此，某天博士在小學的邀請下，在講堂上為大家介紹美國的事。

演講完後，博士和校長們一起走出運動場，往那虔十的樹林方向走去。

突然間，年輕博士驚訝地推了推自己的眼鏡，半晌後才自言自語地說：

「啊！這裡簡直一點也沒變，連樹都還是跟以前一模一樣，不過看起來好像反而變小了。大家也都玩得好開心。啊！那之中不知道有沒有我以前的朋友？」

博士忽然回過神來，笑著對校長說：

「這裡現在是學校的運動場嗎？」

「不是的。這裡是前面那戶人家的地，只是那家人從不介意孩子們聚集在那裡罷了，因此看來就像是學校的附屬運動場，但其實不是這樣的。」

「真是不可思議的人，這究竟是為什麼呢？」

「這裡發展成城鎮後，大家都建議要賣掉它，但年長的人說這是虔十唯一留下來的紀念，再怎麼困苦也不能放棄它。」

「啊！沒錯、沒錯，是有這麼一回事。我們都覺得這個叫虔十的有點問題。他是個一天到晚總是笑呵呵的人，每天都會站在那邊看我們玩。這些杉木聽說都是那個人種的。唉！到底是誰聰明？誰笨？有時還真叫人搞不懂。十力(註)的作用就是這麼不可思議。這裡永遠是孩子們最美麗的公園。我們就把這取名為虔十公園林，永遠這樣保存下去吧！」

「這真是個好主意！這樣做的話孩子該有多開心！」於是大家便一致同意了。

草地的正中央，在孩子們的樹林前方，有座刻著「虔十公園林」的綠色橄欖岩石碑。

這所學校的學生，如今已成為有名的檢察官、軍官，或是在海的那頭擁有小型農場的人們，都紛紛寄來許多的信件和金錢。虔十家中的人全都高興得哭了。

這片公園林，杉樹蔥蘢的綠意、宜人的氣味、夏日清涼的綠蔭以及月光色的草坪，今後還會教會多少人何謂真正的幸福呢？

樹林裡和虔十在世的時候一樣下了雨，晶瑩剔透的冰涼雨珠啪噠啪噠地滴落到草坪上。落日餘暉仍閃耀著，樹林不斷地釋出新鮮宜人的空氣。

註　十力：釋迦牟尼佛的十八項特質「十八不共法」中的十種法力，「處非處智力」、「業異熟智力」「靜慮解脫等持等至智力」、「根上下智力」、「種種勝解智力」、「種種界智力」、「遍趣行智力」、「宿住隨念智力」、「死生智力」以及「漏盡智力」。

野山梨

やまなし

一瞬間四周明亮了起來，金黃色的陽光像夢一般降臨到水中。

にわかにパッと明るくなり、日光の黄金は夢のように水の中に降って来ました。

這是兩張山谷溪底的水藍色幻燈片。

一、五月

兩隻小螃蟹在藍白色的水底聊著天。

「庫拉姆波（註）笑了喲！」

「庫拉姆波喀喀地笑了喲！」

「庫拉姆波蹦蹦跳地笑了喲！」

「庫拉姆波喀喀地笑了喲！」

小溪從上方和側面看來，就像是深藍色的鋼鐵。一顆顆暗色的氣泡漂過那平滑的頂邊。

「庫拉姆波笑了喲！」

「庫拉姆波喀喀地笑了喲！」

「不過，為什麼庫拉姆波要笑呢？」

「我也不知道！」

泡泡一顆一顆漂過去，小螃蟹們也噗嗤噗嗤地連續吐了五、六顆泡泡。這些泡泡搖搖晃晃，閃耀著如同水銀般的光芒，並斜斜地浮上水面。

突然間，一隻魚兒翻過銀白的腹部，從牠們頭上游過。

「庫拉姆波死啦！」

「庫拉姆波被殺死了啦。」

「庫拉姆波死掉了啦……」

「被殺死了啦！」

「為什麼被殺了呢？」小螃蟹哥哥舉起右邊四隻腳中的二隻，擱在弟弟扁平的大頭上說著。

「不知道。」

那魚又猛然回頭，朝下游游了過去。

「庫拉姆波笑了喲！」

「笑了。」

註　庫拉姆波：原文為クラムボン，為宮澤賢治虛擬的名詞。有人說是從crab(螃蟹)衍生而來、也有人說是crampon(金屬鉤)，說法眾說紛紜。此篇收錄在日本小學六年級的課本之中，註解寫著「作者創造出來的名詞，意思不明」。

一瞬間四周明亮了起來，金黃色的陽光像夢一般降臨到水中。

網狀的光穿透水波映照在河底雪白的岩塊上，忽長忽短地閃爍著。直挺挺的長影從氣泡和細小的淤泥間挺身而出，在水中斜斜地並列成排。

魚兒這次將金黃色的陽光全攪得一塌糊塗，讓自己由內而外透出怪異的鐵青色光澤，並再度朝上游游去。

「魚兒為什麼這樣來來去去的呢？」

螃蟹弟弟眨著因光線刺眼而睜不開的眼睛問道。

「在做什麼壞事吧！在抓東西吧！」

「在抓東西嗎？」

「嗯！」

那隻魚又從上游游了回來。這次緩慢又悠然，背鰭和尾巴動也不動，只是把嘴巴圈成個圓，順著水流漂游。那黑影則靜悄悄地自水底的光網上滑過。

「那隻魚……」

說時遲那時快，水面這時突然出現白色的氣泡，一顆發著刺眼藍光，如同子彈般的物體，突然衝了過來。

螃蟹哥哥清楚地看見了那藍色物體如同指南針般地漆黑又尖銳的前端。正想得出神時，那隻魚縱身一翻，腹部發出刺眼的光芒後又攀向了上游。就因為這個舉動，藍色的物體和魚兒的蹤影都不見了，只剩下光線編織的金黃色網子在水中漂浮，氣泡也一個又一個漂流而過。

兩隻小螃蟹動也不動，不發一聲地蜷縮在一旁。

螃蟹爸爸出來了。

「怎麼回事？為什麼嚇成這樣？」

「爸爸，剛剛有奇怪的東西出現。」

「什麼東西呢？」

「藍藍的，還發著光喔！前面又黑又尖的。牠一來魚兒就往上面去了。」

「那東西的眼睛是紅色的嗎？」

「不知道。」

「嗯——不過，那應該是鳥吧！牠叫做翠鳥。沒關係，不用擔心。牠不會來抓我們的。」

「爸爸，魚兒到哪去了？」

「魚兒嗎？牠們到一個可怕的地方去了。」
「好可怕喔！爸爸。」
「乖，沒事的。別害怕！看，樺木的花兒漂過來了。你看，很漂亮吧！」
一大片白色的樺木花瓣和氣泡一同漂過了小溪的上方。
「好可怕喔！爸爸。」螃蟹弟弟也這麼說著。
網狀的光搖曳伸縮、忽大忽小，花瓣的影子靜靜地掠過了砂石表面。

二、十二月

小螃蟹們長大了不少，溪底的景色也在夏秋之間完全變了模樣。
白色圓滑的石子滾了過來，小小的錐形水晶顆粒與金雲母的碎片也漂了過來停下腳步。
彈珠汽水瓶般的月光，大片地灑向冰冷的溪底，溪面的水波像一會兒點燃一會兒又熄滅的水藍色火焰，四周一片靜寂，只有從極遙遠的一方傳來的水波聲響。
小螃蟹們因為那又圓又大的月亮把水面映得好漂亮，連覺也不睡地走到外頭，就這麼靜靜地吐著氣泡仰望著上方。

「還是我的氣泡比較大對吧。」

「哥哥是故意吹大的吧！我要是用點心，肯定吹得比你更大喔！」

「那就試試看啊！不過如此嘛！聽好囉！哥哥現在吹給你看，好好瞧瞧。怎樣很大吧！」

「才不呢！還不是一樣。」

「你靠得比較近才會覺得自己的比較大，不然我們一起吹吧！準備好了嗎？看我的。」

「還是我的比較大啦！」

「真的嗎？再吹一次啦。」

「還是不行嗎？都這麼大了說。」

螃蟹爸爸走了出來。

「該睡覺了，這麼晚了，明天不帶你們去伊佐戶喔！」

「爸爸，我們誰吹的泡泡比較大？」

「當然是哥哥囉！」

「才不是，我的比較大啦！」螃蟹弟弟快哭出來了。

這時候，咚的一聲。

一個又黑又圓的龐然大物從水面下降而來，沉到底後又浮了上去。金黃色的邊緣閃閃發亮著。

「是翠鳥吧！」小螃蟹們不禁縮著頭顫抖。

螃蟹爸爸將兩隻像望遠鏡的眼睛用力伸到最長，仔細地打量過後說道：

「不對，那是野山梨。要流走了喔！趕快跟過去看看，啊，好香的味道喔！」

在那倒映著月光的水中，充滿著野山梨的芳香氣味。

三隻螃蟹就這樣尾隨在漸流漸遠的野山梨後頭。

加上三個橫走的黑影，這畫面彷彿就像是有六個舞動著的螃蟹，正追逐著野山梨的渾圓影子。

沙沙的水聲瞬間響起，溪面上的水波逐漸揚起藍色的火燄，野山梨被樹枝擋住去向而橫躺在水面，上頭堆聚了月光映照成的彩虹。

「如何？果然是野山梨吻！果實熟透的香氣很棒吧！」

「看起來很好吃呢！爸爸」

「等等，再等個兩天吧！等它沉到下面來，自然就可以做成好喝的酒。好了，回家睡覺吧！走吧！」

父子三隻螃蟹回到自己的洞穴中。

水波又再度揚起搖晃不定的淡藍火燄，像是撒了一片的金剛石粉末一樣。

我的幻燈片就到此為止。

貝之火

貝の火

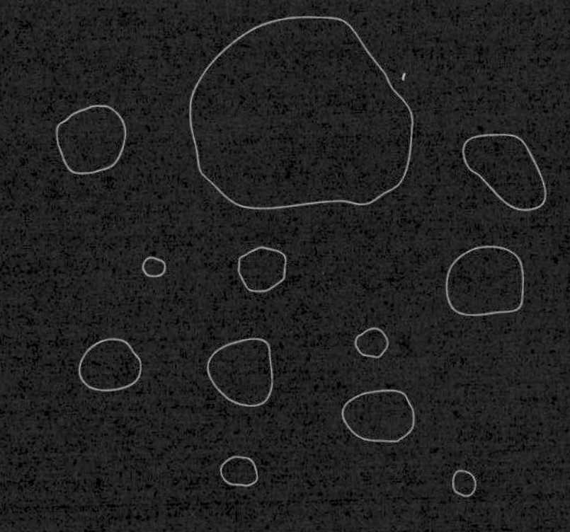

「媽媽，我生來注定不會失去那顆貝之火了啊。做了什麼壞事的話，那顆珠子就會飛到別處去，這種事情真的會發生嗎？」

「お母さん。僕はね、うまれつきあの貝の火と離れないようになってるんですよ。たとえ僕がどんな事をしたって、あの貝の火がどこかへ飛んで行くなんて、そんな事があるもんですか。」

眼前的兔子們全換上一身茶色的短毛衣服。

原野的草閃閃發亮，處處可見樺木的白色花朵點綴其間。

整片草原充滿了怡人的香氣。

小兔赫蒙興奮地不停上下蹦跳，說道：

「嗯——好香喔！一定很好、很好吃，這鈴蘭真是清脆。」

陣陣清風拂來，鈴蘭的花葉相互摩擦碰觸，發出沙沙的聲響。

赫蒙高興之餘，迫不及待地跳出了草叢。

接著赫蒙突然停了下來，雙手抱胸，喜形於色地說道：

「我簡直就像站在河面上表演一樣。」

赫蒙不知不覺已經來到小河的岸邊。

這裡冰冷的河水轟隆作響，河床的細砂是那麼地耀眼奪目。

赫蒙稍微歪著頭，自言自語地說：

「跳到河對岸去看看吧！唉呀怎麼可能啦！話說回來，河對岸的草好像很糟呢。」

這時卻突然從上游傳來急切喧嚷的叫聲，

「噗嚕嚕嚕，嗶、嗶、嗶，噗嚕嚕嚕，嗶、嗶、嗶。」一團有點黑、毛茸茸像是鳥的東西，正啪噠啪噠地拼命掙扎著，往這邊流了過來。

赫蒙急忙地跑到岸邊，目不轉睛地在一旁等著。

被沖走的是隻瘦弱的小雲雀。

赫蒙冷不防就往河裡跳，用自己的前腳緊緊地抓住那隻小雲雀。

不料小雲雀卻像是受了驚嚇，張大黃色的鳥喙使力吼叫，差點就要震破赫蒙的耳朵。

赫蒙急忙拼命地用後腳踢著水，一邊說著：「沒事的！沒事的！」，一面看著那小雲雀。這一瞧卻讓赫蒙嚇了一跳，差點就把前腳鬆開。那是一張滿是皺紋，有著大大的鳥喙，還有點像是蜥蜴的臉。

儘管如此，這隻勇敢的小兔，是絕對不會把前腳鬆開的。即使嘴巴因恐懼而憋成一道ㄟ字型，還是壓抑住自己的恐懼，把牠往水面高高托起。

接下來二人被流水越沖越遠。赫蒙還曾兩度被水壓過頭頂，喝了不少水。

即使如此，牠還是不曾放開那小雲雀。

小河流的彎道處，正好有根小小的楊樹枝，拍擦拍擦地敲著水面。

赫蒙用力地咬住楊樹枝，力道之大讓楊樹枝露出了青綠色的樹皮。接著用力把小雲雀往岸上柔軟的草皮上丟，自己也趁勢奮力一跳。

小雲雀倒在草皮上，雙眼翻白，身體不停地打著顫。

赫蒙也累得全身乏力，但還是撐著身子拔了一堆楊樹的白色花朵，鋪蓋在小雲雀的身上。

小雲雀像是要道謝似地抬起那黯灰的臉。

赫蒙看見小雲雀的臉後嚇了一跳，往後彈開了身子，尖叫地逃開。

這時有個東西像箭矢般從天空落下。赫蒙停住腳步回頭一看，原來是雲雀媽媽。不發一語的雲雀媽媽只是顫抖著身子，把小雲雀緊緊抱個滿懷。

赫蒙想應該已經沒事，便一溜煙地跑回家去。

兔媽媽剛好在家整理白色的草束，看到赫蒙嚇了一跳。

「哎呀，怎麼啦？臉色怎麼這麼難看。」媽媽一面說，一面從櫃子裡拿出藥箱。

「媽媽，我啊！救了一隻溺水的毛茸茸小鳥喔！」赫蒙告訴媽媽。

兔媽媽從藥箱中取出一包萬能散（註）遞給赫蒙。

「毛茸茸的小鳥是小雲雀？」媽媽問道。

赫蒙接過藥，

「大概是吧！啊，頭好暈喔！媽媽，周圍變得好奇怪。」話才說完，赫蒙就倒臥在地了，還發著高燒。

＊　＊　＊

赫蒙在兔爸爸、兔媽媽和兔醫生的細心照顧下，身體已經完全康復。此時鈴蘭已結出綠色的種子。

在一個無雲的寧靜夜晚，赫蒙總算在病後第一次踏出屋外。

紅色的流星不停斜掃過南方的天空，讓赫蒙看得出神。突然間，從天際傳來噗嚕嚕的翅膀拍動聲，二隻小鳥飛落到眼前。

大的那隻小鳥把一個圓滾滾並發著紅光的東西小心翼翼地放在草地上，畢恭畢敬地低頭說道：

「赫蒙大人，你是我們母子倆的大恩人。」

註　萬能散：架空的藥品名稱，意指什麼都可以治癒的藥粉，那時候有一種稱為「萬能膏」的藥膏。

赫蒙透過那紅光，清楚地看著那張臉說：

「妳是那時候的雲雀嗎？」

雲雀媽媽回答：

「是的。那時候真是謝謝你。非常感謝您救了小犬一命。為此您還生了重病，現在已經好點了嗎？」

這對母子雲雀連續鞠躬了很多次，接著說：

「我們每天都會在這一帶徘徊，等著您的出現。這是我們國王要送給您的禮物。」說著說著，雲雀就把那個發著紅光的東西遞到赫蒙眼前，解開上頭輕薄地如同一縷煙似的包巾。那是顆像日本七葉樹種籽般大小的圓形玉石，紅色的火光在裡頭忽明忽滅。雲雀媽媽又說了：

「這是一顆名叫貝之火的寶珠。國王說只要交到您的手上，這珠子就會變得無比漂亮。請務必收下它。」

赫蒙笑笑地說。

「雲雀太太，我不需要這東西啦！請帶走吧！這麼漂亮的東西，只要見過就很滿足了。如果我還想看看它，就再去找妳好了。」

雲雀回答說。

「不，你一定要收下它，因為這是我們國王要送給您的。如果你不收下，我和孩子便得切腹謝罪。來，孩子，我們要走了，快過來行個禮。我們告辭了。」

這對母子雲雀再三向赫蒙行過禮後，便急急忙忙地飛走了。

赫蒙拿起珠子仔細瞧了又瞧。儘管裡頭黃紅兩色的火焰燒得又急又快，珠子摸起來還是冰冷、美麗而透澄。將珠子貼近臉往天空一瞧，火焰不見了，取而代之的是透視進來的美麗銀河。拿開珠子後只見那美麗的火燄又再度熊熊燃起。

赫蒙輕輕拿起珠子走進屋內，馬上拿給爸爸看。兔爸爸托起珠子，拿掉眼鏡仔細看過後說：

「這是鼎鼎大名的寶物貝之火，是十分珍貴的珠子喔！有辦法驕傲地擁有這顆寶珠，並讓它發光一輩子的，目前只有兩隻鳥和一隻魚。你可要小心，別讓裡頭的火光熄滅囉！」

赫蒙說：

「沒問題，我絕對不會讓它熄滅的，這雲雀也交待過我了。我會每天吹它一百次，再用紅雀毛擦它一百次的。」

兔媽媽也接過那珠子仔仔細細地看了好久。然後說：

「這珠子是很脆弱的。已去世的鷲大臣在擁有這顆寶玉的期間，發生過嚴重的火山爆發，大臣為了疏導鳥兒們的避難四處指揮奔波，珠子就在這時被無數的石塊擊中，還流進紅通通的熔漿裡。結果不但一點損傷也沒有，甚至還變得比以前更漂亮呢！」

兔爸爸接著說：

「沒錯！這件事可是很有名的。你將來或許會成為跟鷲大臣一樣的大人物，所以要好好地注意自己的行為舉止喔！」

赫蒙聽著聽著，突然覺得疲累想睡，便往自己的床上一躺，開口說道：

「別擔心啦！我一定會做得很好的。我要抱著這顆珠子一起睡，拿給我吧。」

兔媽媽把珠子遞給他，赫蒙把它抱在懷中後便馬上睡著了。

當晚赫蒙做了個很美麗的夢。夢中的天空燃燒著黃色和綠色的火燄，原野上的草整面都變成了金黃色，許多小風車像蜜蜂輕聲低吟般地在空中飛舞。仁義兼備的鷲大臣，披著隨風飄揚的銀亮斗篷，環視著原野周遭。赫蒙這時高興地不停大喊：

「喂——我辦到了！我辦到了！」

＊＊＊

隔天早晨，赫蒙七點左右張開眼醒來，第一件事便是看看那顆珠子。那珠子比昨晚更美了。赫蒙盯著珠子，自言自語地說：

「看到了，看到了，那裡就是火山口！火噴出來了，噴出來了，好好玩喔！簡直就像煙火！哇哇哇，滾滾的岩漿流出來分成兩邊，好漂亮呀！煙火、是煙火！簡直就像閃電！傾瀉而出的光變成金黃色！厲害、太厲害了！哇，又噴火了！」

爸爸已經出門了。兔媽媽笑了笑，端著美味的白草根和藍薔薇的種子走進來，

「來，快點把臉洗洗，今天要稍微運動一下喔！讓我看看好嗎？哎呀，真是好漂亮啊！趁你去洗臉的時候，借媽媽看看吧！」

赫蒙回答說：

「好啊！這是我們家的寶貝耶！當然也是媽媽的囉！。」說完，赫蒙起身從家門口的鈴蘭葉尖接下五、六顆大露珠，把臉好好地洗了一遍。

赫蒙吃完早餐後，朝珠子吹氣好幾遍，然後拿紅雀毛擦拭了幾百遍，完事後再用紅雀的

胸毛小心地包好，放入原先用來裝望遠鏡的瑪瑙箱，交給媽媽保管，接著出門去。

清晨的微風吹拂，草上的露水稀稀落落地滴下。風鈴草敲起早晨的鐘聲：

「鏗、鏗、鏮鏮鏗、鏗鏮鏗鏮。」

赫蒙小跳步地前往樺樹下。

這時候一匹老野馬迎面走來。赫蒙有點膽怯，正準備轉身離去時，卻見那馬兒朝他行了個禮。

「您是赫蒙大人嗎？貝之火這次能在大人您的手上實在是件值得慶賀的事。這珠子先前被不肖之徒奪去，至今已經過了一千二百年。唉——其實在下也是今天早上才得知這件事，不禁讓我老淚縱橫啊！」老馬突然淅瀝嘩啦地哭了起來，把赫蒙嚇得不知如何是好。老馬因為哭得太厲害，不知不覺沉浸在感傷的情緒中，鼻子還因此塞住。老馬拿出了淺黃色的手帕來拭淚。

「您真是我們大家的恩人，請務必要多多保重身體。」老馬說完便向赫蒙恭敬地行禮，然後往對面走去。

赫蒙的心中既高興又感到奇怪，呆立在原地好一會兒才走進接骨木的樹蔭下。樹下有兩隻要好的年輕松鼠正在吃著白色的年糕，一見到赫蒙的到來，便嚇得趕緊起身整理衣服的領子，並慌張地吞下年糕。

「松鼠先生，你們早啊！」赫蒙一如往常地向他們打招呼，兩隻松鼠不約而同地僵直了身，連話也說不出來。赫蒙見狀趕忙說：

「松鼠先生，今天一起到哪去玩呢？」松鼠們不可置信般地張大眼睛對望，拔腿就朝前方拼命奔跑。

赫蒙完全呆住，慘白著一張臉回到家中，

「媽媽，不知道為什麼大家都好奇怪喔？現在連松鼠先生們都不跟我一起玩了。」聽赫蒙這麼一說，兔媽媽笑著回答。

「這是當然的啊！你已經變成一個了不起的人物了，松鼠們自然覺得不好意思嘛！所以你要特別注意，別讓大家笑話喔！」

赫蒙說：

「媽媽，這我知道。可是——我真的已經是大將軍了嗎？」

媽媽也顯得十分興奮，

「可以這麼說囉！」

赫蒙高興地手舞足蹈起來。

「太棒了、太棒了！大家都變成我的部下，那我再也不用怕狐狸了。媽媽，我要封松鼠先生當少將喔！老馬嘛——就封他當大佐吧！」

媽媽笑著說：

「好吧，不過千萬別太得意忘形喔！」

「別擔心啦。媽，我出門一下。」赫蒙說完便跳著往原野飛奔而出。突然見到壞心腸的狐狸像風一樣地跑過眼前。

赫蒙身子不住地顫抖著，鼓起勇氣大叫一聲。

「給我站住！狐狸。我現在可是大將軍喔！」

狐狸嚇得回頭一看，臉色馬上變了樣。

「是的，我知道。好的，請問閣下有什麼事嗎？」

赫蒙拼命擺出架子地說。

「你以前欺負我欺負得好慘啊！現在可變成我的手下了。」

狐狸聽了簡直快昏倒，趕緊舉起手回答說：

「真是太對不起了，請您原諒我的無禮。」

赫蒙內心雀躍不已。

「這次就特別原諒你吧！你當我的少尉，好好為我幹活吧！」

狐狸高興地原地繞了四圈。

「是、是，真的太感謝了。我什麼事都願意做，要不要幫您偷點玉米過來呢？」

赫蒙說：

「不行，這是壞事，不可以做這種事。」

狐狸不好意思地搔搔頭，

「是的、是的。我以後絕不會做這種事，任何時候都聽候您的差遣。」

赫蒙接著又說：

「沒錯。我有事會召喚你，你退一邊去吧！」

狐狸勤快地行了鞠躬禮，便迅速地消失在赫蒙眼前。

赫蒙高興得無法自恃。他在原野中來來去去，自言自語地又說又笑，想著每一件令人興奮的事，不知不覺陽光已如同破碎的鏡片撒向樺木的那一頭，赫蒙也急忙地趕著回家。

兔爸爸早已回到家中，當晚全家享用了豐盛的晚餐。那一晚，赫蒙又做了一個好夢。

＊　＊　＊

隔天的赫蒙，依照媽媽的指示拿著笊籬來到原野，邊採著鈴蘭的種子邊說著：

「嗯——堂堂的大將採鈴蘭的種子實在奇怪，要是被誰看到了，豈不是被笑死。狐狸要是在就好了。」突然腳底下有什麼東西冒了出來。低頭一看，原來是隻鼴鼠正挖著土往前行進。

赫蒙這時大喊：

「鼴鼠、鼴鼠、你這隻肥鼴鼠，你可知道我變偉大的事？」

鼴鼠在土中答道：

「是赫蒙大人嗎？我當然知道啊！」

赫蒙神氣活現地說：

「是嗎？那就好。我現在任命你為軍曹。不過，你得為我做點事。」

鼴鼠戰戰兢兢地問道：

「是、是，什麼事呢？」

赫蒙不加思索地劈頭便說：

「幫我摘些鈴蘭的種子吧！」

鼴鼠在土裡頭冷汗直冒，一邊搔著頭說：

「真的很對不起，我沒有辦法在明亮的地方工作。」

赫蒙一聽怒吼道：

「是這樣嗎？那就算了。我不拜託你了，咱們走著瞧！真是太過份了！」

鼴鼠慎重地向赫蒙低頭道歉：

「大人請原諒，我在陽光下是活不下去的。」

赫蒙跺腳罵道：

「算了、算了啦！你給我閉嘴！」

就在這時，對面的接骨木下有五隻松鼠在那探頭探腦的。接著他們來到赫蒙跟前，不斷點頭行禮說道：

「赫蒙大人，請讓我們來為您採集鈴蘭的種子吧！」

於是赫蒙說：

「好吧！你們就開始吧！你們都是我的少將喔！」

松鼠們一陣歡喜鼓躁後開始工作。

這時，前方走來六匹小馬，停在赫蒙面前。其中最大的一隻馬開口說：

「赫蒙大人，也請差遣我們做些事吧！」赫蒙聽了滿心歡喜，

「好呀！你們就做我的上校吧！我要是一叫，可要記得馬上趕來喔！」這些小馬們高興地跳了起來。

鼴鼠躲在土中哭著說：

「赫蒙大人，也請派給我個可以為您效勞的工作吧！我一定會好好做的。」

赫蒙聽了又生起氣來，跺著腳說道：

「你就不必了。要是狐狸來了，你們這些鼴鼠就好看了。給我小心點！」

於是土裡頓時陷入一片寂靜。

松鼠在天黑之前摘集了許多鈴蘭種子，一路喧嘩地送到赫蒙的家中。

兔媽媽被這陣吵鬧聲嚇到，前來門口一探究竟。

「哎呀，松鼠們，這是怎麼一回事啊？」

赫蒙插話說：

「媽媽，瞧瞧我的本領！我什麼事情都可以做得到喔！」兔媽媽卻只是不發一言地靜靜想著事。

兔爸爸剛好在這時走進家門，一聲不響地望著眼前的光景說：

「赫蒙你是不是有點不對勁啊？鼴鼠現在十分地沮喪喔！他家裡的人更是像發瘋似地哭成一團，再說這麼多的果實怎麼吃得完呢？」

赫蒙哭了起來。望著赫蒙的松鼠雖然覺得可憐，但最後還是悄悄地逃得不見蹤影。

兔爸爸接著說：

「你已經不行了，看看貝之火吧！它肯定已經黯淡不少。」

這下連兔媽媽都忍不住哭了，她一面用前腳輕輕拭去淚水，一面從櫃子上取下裝著那美麗珠子的瑪瑙盒。

兔爸爸接過盒子，打開盒蓋後大吃一驚。

珠子比前天晚上更加地紅豔照人，而且火也越燒越烈。

大家看得出了神。兔爸爸默默地把珠子遞給赫蒙後開始用餐，赫蒙的淚水也不知在何時乾了，大家又愉快地笑開來，一起吃完晚飯就休息去了。

＊　＊　＊

隔天一大清早，赫蒙又來到原野。

今天也是個好天氣。但是被摘掉種子的鈴蘭不再像以前那樣發出鈴鈴的聲響。

前面遠方的綠色原野盡頭處，狐狸正拼命地奔跑過來，停在赫蒙的面前，

「赫蒙大人，聽說您昨天命令松鼠幫您摘鈴蘭的種子對吧，今天換我為您帶點好東西來。這東西顏色黃黃的，還膨膨的。容我失言，這可是赫蒙大人從未見過的東西喔！還有，聽說昨天鼴鼠受到懲罰，這傢伙本來就不老實，讓我把他趕到河裡去吧！」

赫蒙開口說：

「放過鼴鼠吧！我已經在今天早上原諒他了。不過你說的那個好吃的東西不妨先拿點來嚐嚐吧！」

「遵命、遵命。請給我十分鐘，十分鐘就好。」狐狸說完，便又像一陣風地消失了。

赫蒙站在那裡大聲喊叫著，

「鼴鼠、鼴鼠，胖鼴鼠啊！我已經原諒你了，別再哭了喔！」土裡頭一下子靜下來。

狐狸從前面飛快地跑過來。然後拿出自己偷來的牛角麵包，

「請享用！這就是所謂的天國油炸餅，是最高級的東西。」

赫蒙稍微嚐了一點，味道還真是不錯。於是便問狐狸：

「這東西是哪種樹上長出來的呢？」狐狸一聽，便把頭撇到一邊，「哼」地笑出一聲說道：

「是種叫做廚房，也叫飯廳的樹啦！好吃的話，我就每天送來給您享用吧！」

赫蒙說：

「那麼你一定要每天帶三個來喔！可以嗎？」

狐狸心領神會似地眨眨眼回答：

「好的，遵命。不過，您可別再阻止我抓雞囉！」

「沒問題！」赫蒙爽快地答應了。

「那麼我就再去拿兩個今天的份來吧！」說完狐狸又像一陣風地離去。

赫蒙想著要把這東西拿回家中給爸媽嚐嚐。

「大概連爸爸都沒吃過這麼美味的東西吧！我真是個孝順的好孩子。」

狐狸啣來兩塊牛角麵包放在赫蒙面前，急急說了聲「再見」，便消失得無影無蹤。

「狐狸整天到底都在做些什麼啊？」赫蒙一邊喃喃自語，一邊動身走回家去。

今天爸爸媽媽在家門口曬鈴蘭的種子。

「爸爸，我帶好東西回來了喔！這個給你，您吃吃看吧！」赫蒙說著便拿出牛角麵包來。

兔爸爸接過手後，摘下眼鏡仔細地瞧了又瞧，然後說：

「你這東西是從狐狸那要來的吧！這是偷來的東西，我不會吃這種東西的！」兔爸爸把赫蒙要拿給媽媽的那一份也搶過來，丟在地上用腳踩爛。

赫蒙哇地哭了出來。兔媽媽也跟著哭了起來。

兔爸爸來回踱步地說：

「赫蒙，你實在太差勁了，去看看那珠子吧！搞不好都碎了。」

兔媽媽哭著取出盒子。珠子受到陽光的照射，宛如要昇上天般地發出亮麗的熊熊火燄。

兔爸爸不發一言地把珠子遞給赫蒙。赫蒙也呆望著珠子，不知不覺忘了哭泣。

＊＊＊

隔天赫蒙又往草原走去。

狐狸一來馬上就遞上三塊牛角麵包。赫蒙急忙地把麵包拿回家中的廚櫃上放，回到草原時見狐狸仍在原地等著。

「赫蒙大人，要不要來做點好玩的事？」

「什麼事？」赫蒙問。

狐狸回答：

「給鼴鼠一點懲罰如何？那傢伙真是這個草原的害蟲，而且還是不折不扣的懶惰鬼。您既然已說過要原諒他，那麼就交給我來給他一點教訓，您只要靜靜地看著就好了，可以吧？」

赫蒙聽了便說：

「嗯，如果是害蟲，稍微教訓一下也好。」

狐狸往地面東嗅西嗅、踩來又跺去，最後翻起一塊大石頭。裡頭是嚇得全身顫抖、動也不敢動的鼴鼠一家八口。

「喂！快跑啊！不跑的話，我可要把你們通通咬死。」狐狸一面說著，一面用腳踩踏地面。「對不起、對不起！」鼴鼠父子苦苦哀求著，雖然想要逃但因為眼睛不能見光，加上雙腳無力，只能拼命地扒草。最小的鼴鼠早已嚇得仰天昏厥，狐狸這時露出一口利牙。赫蒙也不加思索地「噓、噓」吆喝著用腳去踩地出聲。就在此時有個聲音大喊：「你們在做什麼！」狐狸嚇得四處張望，一溜煙地就逃走了。

出現的是赫蒙的爸爸。

兔爸爸趕忙把鼴鼠們通通放回土中的洞穴，並在上頭蓋上原來的石塊，接著抓起赫蒙的後頸，把他拖回了家裡。兔媽媽走出家門依偎在兔爸爸身上哭了起來。兔爸爸開口了，

「赫蒙，你太過份了。這回貝之火可真的會碎掉，去拿出來看看！」

兔媽媽邊擦著淚拿出盒子。兔爸爸把盒蓋打開一看。

兔爸爸嚇壞了，貝之火居然前所未見地更加美麗。珠子裡頭彷彿地雷在戰爭中引爆般，燃燒著劇烈的紅、藍、綠各色火燄；一會又像是閃電四起，流瀉著光的血流。才這麼想時，水藍色的火燄一下子佔據了整顆珠子，這回則宛如一片虞美人草、黃色鬱金香、薔薇和梓木草的花海，在和風的吹拂下擺動搖晃。

兔爸爸沉默地把珠子交回赫蒙手中。不一會兒，赫蒙便忘了滿臉淚水，高興地望著貝之

火。兔媽媽這才安下心來，開始著手準備今天的晚餐。

大家坐在餐桌前啃著牛角麵包。

兔爸爸說：

「赫蒙，你必須要提防狐狸才行。」

赫蒙回說：

「爸爸，別擔心。狐狸根本沒什麼好怕的。我有貝之火，我不會讓它碎掉或髒掉的。」

兔媽媽接著說：

「真是顆不得了的玉石啊。」

赫蒙不禁得意起來說道：

「媽媽，我生來注定不會失去那顆貝之火了啊。做了什麼壞事的話，那顆珠子就會飛到別處去，這種事情真的會發生嗎？我會每天吹它一百下來磨亮它的。」

「真是這樣就好了。」兔爸爸說道。

當晚赫蒙做了一個夢。夢中的他單腳站在一座好高、好高的錐形尖山頂端。

赫蒙嚇哭後醒了過來。

＊＊＊

隔天一早，赫蒙再度來到大草原。

今天空氣中飄著陰鬱的霧氣，草木寂靜無聲，連山毛櫸的葉子也毫無動靜，只有風鈴草那響徹雲霄的晨鐘聲。

「鏗、鏗、鏮鏮鏗、鏗鏮鏗鏮。」

最後的一聲「鏗——」從對面那頭傳了回來。

穿著短褲的狐狸啣著三塊牛角麵包，往這裡走了過來。

「狐狸，早安。」赫蒙開口招呼說。

狐狸露出詭異的笑容，

「哎呀，昨天真是嚇了一跳。赫蒙大人的爸爸還真是頑固啊！不過，最後怎麼啦？他應該馬上就平復心情了吧？今天我們再去做件更好玩的事吧！大人您討厭動物園嗎？」

「嗯，不討厭。」赫蒙回答。

狐狸從懷中拿出一面小小的網子接著說：

「您看，只要有這東西，甭說是蜻蜓、蜜蜂、麻雀和松鴉，連更大的東西都抓得住喔！

我們把這些動物都抓起來蓋個動物園，如何？」

赫蒙光是想像著那動物園的情景，便覺得興奮得不得了，隨即說：

「那就動手吧！不過這網子真的抓得住東西嗎？沒問題吧？」

狐狸露出一臉詭異的神情，

「放心吧！您趕快把麵包拿去放好。在您回來之前，說不定我已經抓到一百多隻了。」

赫蒙急急忙忙把麵包拿回家，放在廚房的架子上，又趕緊跑回草原。

回來一看，狐狸已經在霧中的樺樹上架好了網，正張大口得意地笑著。

「哇哈哈，看吧！已經捉到四隻了。」

狐狸手指著不知哪裡弄來的玻璃箱說。

仔細一看，還真的有松鴉、黃鶯、紅雀和金翅雀在裡頭亂竄著。

但是大家一見到赫蒙，卻突然一下子全靜下來。

黃鶯透著玻璃說道：

「赫蒙大人，請您高抬貴手幫幫我們吧！我們全被狐狸給捉住了。明天一定會被吃掉的，求求您，赫蒙大人。」赫蒙打算要打開箱子。

狐狸馬上揪起額頭上黑不溜丟的皺紋，瞪大雙眼大罵：

「赫蒙，你給我小心點！你再碰那箱子試試看！信不信我把你吃了！你這小偷！」狐狸的嘴張大到像要裂開似地。

赫蒙嚇壞了，飛奔似地跑回家去。今天兔媽媽出門到草原去了，沒人在家。

赫蒙心中噗通、噗通地跳個不停，想看看貝之火，便拿出盒子打開來。珠子還是像火般地燃燒著。但不知道是不是心理作用？好像隱約可以見到一個小如針孔般的白色污點。

赫蒙擔心至極，於是便像以前一樣，往珠子呼呼地吹，再拿紅雀的胸毛往表面輕輕地拂拭著，但無論如何就是沒辦法擦掉那污點。這時兔爸爸回來了，見到臉色怪異的赫蒙便開口問道：「赫蒙，貝之火髒掉了嗎？你的臉色很難看喔！把珠子給我瞧瞧。」兔爸爸舉起珠子，看完後笑了笑說：

「沒什麼嘛，馬上就擦掉了。黃火的火勢好像比以前更強了，快給我點紅雀毛。」接著兔爸爸認真地擦起了貝之火。但那污點不僅沒擦掉，似乎還愈變愈大。

兔媽媽也回來了。她靜靜地從兔爸爸手中接過珠子，像是要透視珠子般地瞧了又瞧，便嘆口氣吹氣擦拭。最後大家只是不發一語地嘆著氣，輪流努力地擦拭著珠子。

轉眼間天色暗了下來。兔爸爸像是想到什麼似地站起身來，

「該吃飯了。今晚就先浸放在油裡頭看看吧！也只有這個辦法了。」

兔媽媽嚇了一跳說：「哎呀，我忘了煮飯。家裡什麼都沒有，我們就吃前天的鈴蘭種子和今天早上的牛角麵包吧。」

「嗯，就這麼辦吧！」兔爸爸說。赫蒙嘆了口氣，把珠子放回盒中盯著不放。

大家靜靜地吃完了飯。

「該把油倒進去。」說著便把榧樹籽油的罐子從櫃子上取下。

赫蒙接過手，把油倒入裝著貝之火的盒中。接著便熄了燈，大家早早上床睡覺去。

＊　＊　＊

半夜，赫蒙張眼醒來。

他小心翼翼地起床，靜悄悄地看了床頭的貝之火。貝之火在榧樹籽油裡像魚眼珠似地散發著銀白色的光芒，先前的豔紅火燄已不復見。赫蒙大聲哭了起來。

兔爸爸、兔媽媽嚇得一跳而起，打開屋裡的燈。

貝之火變得跟個鉛球沒兩樣。赫蒙邊哭邊把狐狸撒網的事跟兔爸爸說。

兔爸爸聽完便急忙換上衣服說：

「赫蒙，你真是個笨蛋，但我也有錯。你不是因為救了雲雀的孩子才得到這珠子的嗎？前天你還說那注定是你的東西。快！我們快到草原去，說不定狐狸還在那裡張著網，你可要拼命和狐狸對抗到底，當然我也會幫你。」

赫蒙哭著站起身來。兔媽媽也哭著跟在二人後面跑。

濃濃的霧氣席捲而來，天已經快亮了。

狐狸還在樺樹下架著那張大網。見到他們三人，歪著嘴大聲笑了起來。

赫蒙的爸爸怒罵道：

「你騙得我們赫蒙好苦啊！來決鬥吧！」

狐狸一副不懷好意的嘴臉，回答說：

「吃掉你們三個也是個不錯的主意，但要是我因此受傷就太划不來了。反正我還有更好吃的東西。」

狐狸說完便扛起箱子準備逃走。

「給我站住！」赫蒙的爸爸死命地壓住箱子，狐狸使盡了力氣，只好放棄箱子先行逃離。

裡頭關了大約上百隻的鳥，大家全哭成一團。不但有麻雀、松鴉和黃鶯，還有好大好大的貓頭鷹，甚至連先前的雲雀母子也在裡頭。

赫蒙的爸爸打開箱子。鳥兒們飛出來後便全部低下頭來齊聲說道：

「太謝謝您了。屢次都受您關照。」

赫蒙的爸爸說：

「別客氣，我們實在相當慚愧。承蒙你們大王相贈的珠子，最後還是髒掉了。」

鳥兒們一起回答：

「出了什麼事呢？不妨讓我們看看吧！」

「有勞了。」說著，赫蒙的爸爸便招待大家來到家裡。鳥兒們一隻接著一隻進來，赫蒙哭著跟在大家後面，垂頭喪氣地走著。

貓頭鷹緩慢地跨著大步前進，不時回頭以嚴厲的眼神盯著赫蒙看。

大家走進了屋內。鳥兒們擠滿地板、櫃子等家中所有的地方。

貓頭鷹望著未知的遠方，用力地咳了幾聲。

赫蒙的爸爸拿出已變成白色石頭的貝之火，

「已經變成這樣子了。你們覺得好笑就笑吧！」說著這句話的同時，貝之火發出一聲清脆的聲響，裂成了二半。這時珠子發出啪嗤、啪嗤的巨大響聲，轉眼間便像一陣煙般地粉碎。

「啊！」赫蒙在門口大叫一聲後昏倒在地，那粉末飛進他的眼睛裡了，大家吃驚地前去查看，此時又響起嗶嗤、嗶嗤的聲響，剛才的煙霧再度凝聚起來，慢慢地形成幾塊完整的碎片，兩個碎塊最後喀噠一聲地合而為一，跟當初的貝之火一模一樣。珠子又如噴火般地猛烈燃燒著，像夕陽似地耀眼動人，然後咻地一聲便往窗外飛去。

鳥兒們覺得無趣了，大家陸陸續續地離去，最後只剩下貓頭鷹。貓頭鷹在屋裡一邊四處張望一邊說，

「只有六天，呵呵。只有六天而已，呵呵。」語帶嘲弄地抖著肩膀大步地跨了出去。

至於赫蒙的眼睛，則像之前的珠子一樣變得白濁，完全看不見東西。

兔媽媽從頭哭到尾，兔爸爸則雙手抱胸靜靜地思考著，最後舉起手來輕輕地拍拍赫蒙的背。

「別哭了，這種事到處都有，你能得到教訓便是最好不過了。你的眼睛一定會好的，爸

爸會幫你醫好。好了，別哭啦！」

窗外霧氣已散，鈴蘭葉顯得閃閃發亮，風鈴草也「噹、噹、鏘鏗鏘鏗」地高聲敲響晨鐘。

抓鳥的柳樹

鳥をとるやなぎ

慶次郎用兩手搬起了它，噗通一聲用力往河裡丟去。那石子馬上就沉到了水底，純白中看起來又帶點淡藍色。見到這光景，我又有一股說不出的哀傷。

慶次郎はそれを両手で起して、川へバチャンと投げました。石はすぐ沈んで水の底へ行き、ことにまっ白に少し青白く見えました。私はそれが又何とも云えず悲しいように思ったのです。

「煙山有棵電動柳樹喔！」藤原慶次郎突然這麼跟我說。

那時大家剛走進教室就座，老師還在教職員室。我記得這是四年級第二學期初的事。

「電動柳樹？」就在我疑惑地反問他的時候，慶次郎把那根短到沒法寫字的鉛筆丟向最前面的源吉。源吉轉過頭來看著每個人的臉，立刻就發現趴在桌上，用雙手遮住頭的慶次郎，於是怒氣沖沖地大聲叫道：

「幹什麼啊？慶次郎，你到底想怎樣？」經他這麼一叫，大家全看向這邊，讓我實在很尷尬。就在這時，老師帶著教鞭、粉筆和地圖走進教室，大家一下子全安靜地站起來，源吉向這邊望了一眼後，也跟著乖乖地站在座位旁。慶次郎漲紅著臉，竊笑著站了起來。行完禮後，開始上課了。我在上課的時候，一直想著要快點問慶次郎關於那棵柳樹的事，但不知怎麼搞地，因為急著要問一時之間竟不知如何開口，而且慶次郎還一臉早就忘得一乾二淨的樣子。

一上完課，行過禮後的大家正要先後走出教室時，我抓著慶次郎問：

「剛剛的柳樹啊！就是煙山的柳樹啦！到底是怎麼回事？」

慶次郎還是和平常一樣，露出潔白的牙笑著說：

「我今天早上在權兵衛茶屋聽一個牽馬的人說的，聽說在煙山的原野上有棵會把鳥吸進去的柳樹。還說好像是電動的喔！」

「去看看吧？要不要去？究竟是什麼呢？那一定是很老的樹吧！」我突然想起冬天常玩的小把戲——把木片燒熱後磨擦頭髮，讓木片可以吸附髒東西。

「走吧！我先回家一趟，再過去找你一起去。」

「我等你喔！」我們就這麼約定了。接著就如同約定一樣，我們中午過後一起出門了。走過權兵衛茶屋旁的蕎麥田和松樹林，我們來到煙山的原野；前方是毒森林和南晶山黑壓壓地聳立著，頭上的雲層亮得刺眼，所到之處可見蛟龍形狀的黑雲，逐漸地往北方飛去。原野上人馬無蹤、一片寂靜，只見草尖上結滿的花穗。

「要往哪邊走？」

「先到河岸邊看看吧！那裡長了很多很老的樹木。」於是我們慢慢地走向河邊。踩過煙霧般迷茫的芒穗，我們拼命地往前行進。

映入眼簾的是從毒森林流出的小河旁的白色石頭河岸。這條河平常水量就不大，大部份的地方不用脫衣便可以涉水而過，但要是水一次全部流出來的話，就會變成寬約二十間距，洶湧又混濁的湍流。因此河岸看起來反而較大，上面遍佈著純白色的碎石子，上頭全長滿鼠麴草、杉菜和合歡樹等植物，稍往上游過去的地方，有沿著河岸生長的大棵柳樹，好幾棵並排挺立著。在上游的方向，我們看到一棵棵綠色的柳樹。

「是哪棵呢？」

「我也不清楚耶，過去看看囉！既然會把鳥吸進去，看了應該就知道。」

於是我們往那邊走去。

那裡的草雖然長得不高，但全都又粗又硬，好像隨時會把腳割傷似地，我們只好沿著河岸邊的碎石子走去。

河水在這裡轉了個彎，我們也跟著走進水裡頭。天空有點暗，水看起來灰灰的，又冰又涼，我們就像河伯一樣，有種說不出來的寂寥。

漸漸往上走，我們來到一棵長在最外圍的柳樹前面，那棵柳樹看起來就像是皺起來的圓球。原野上一片寂靜，沒有半點聲響。

「是這棵樹嗎？不過沒有鳥也沒辦法知道。」

我這麼一說，慶次郎似乎也很擔心，一棵棵地檢查了對面成排的樹。

原野上沒有一絲風，天空上的灰色雲朵看起來像是被風吹動般，閃耀著刺眼的光芒，接著所見之處幻化成淺灰色的線條，漸漸地往北邊飄去。

「鳥不來的話就不知道是哪棵了。」慶次郎又說。

「嗯，要是有老鷹之類的飛過來就好了。如果飛過樹上頭，肯定會搖搖晃晃的。」

「一定的嘛，殺生石(註)不就是這樣嗎？」

「鳥的嘴一定會被拉住吧。」

「就是這麼一回事。鳥嘴一定會被磁鐵吸過去的。」

「柳樹上有磁鐵嗎？」

「一定有。」

風忽然吹過來。原本綠油油的柳樹瞬間轉為灰色，柳葉也一下子變得像白鐵似的，一晃一晃地隨風擺動。

我們不由得一起叫出聲來。

「啊！是磁鐵。果然是磁鐵啦！」

可是不知怎麼搞的，鳥就是不來。

註 殺生石：會噴出有毒氣體的石頭。

慶次郎似乎極想看到老鷹或是什麼的被柳樹抓住鳥喙，然後吸進樹裡頭的景象，便一直往上走去。我也抱持同樣的想法跟過去，兩個人就這樣一下差點被石子絆倒，一下又不小心踏入河岸邊的積水灘中。

「為什麼今天就是沒半隻鳥呢？」慶次郎有點憤憤不平地望著天空。

「大家全被那棵柳樹給吸走了嗎？」我猜測地說。

「不可能整個原野的鳥全被吸走吧！」慶次郎認真地說這句話的同時，我忍不住笑了出來。

這時眼看這邊的河岸已經到盡頭，想再往上走的話，就必須要再次涉水而過。

我們腳一踩入水中，兩個人都不約而同地呆立在原地。前方的柳樹上，居然一下子飛出近百隻的伯勞鳥，聚成一大群就要往北方飛去。牠們宛若波浪般地起伏，飛過閃亮耀眼的雲層底下。來到前方第五棵大柳樹上方時，竟然突然像是被磁鐵吸住一樣，一下子全掉進了樹裡頭。所有的鳥鑽進樹稍中，嘎嘎嘎地叫了一會兒後，便安靜了下來。

我實際感受到了這股詭異的氣氛。伯勞鳥成群地飛行，又一起停在樹上的景象其實並不稀奇，但像今天這樣突然地掉下來的光景，簡直就跟那個牽馬伕說的一樣，或許真是被吸進去了也說不定，總覺得這事又像真又似假的，只有一句「怪異」可以形容。

慶次郎似乎也是這麼覺得的。他就這樣站在水中，想了好一會兒，才像是回過神來地說：

「剛剛那是被吸進去的吧？」

「或許吧！」我滿腦子疑惑地隨口回答道。

「應該是被吸進去的吧！那麼突然地掉下來。」慶次郎看似想勉強找出個結論。

「搞不好全死了也說不定喔！」我又開始胡亂猜測著。

「應該是死了吧！死前還痛苦地哭叫著呢。」慶次郎又說，臉色還是很難看。

「我們丟顆石頭看看吧！丟了石頭鳥還是沒飛走的話就是死了。」

「丟吧！」慶次郎已經從水裡撈起一個圓圓扁扁的石子，接著用力往剛剛那棵柳樹丟去。石子都還沒丟到一半，伯勞鳥突然嘎嘎亂叫，像是亂掉的樂譜一樣飛了起來。

一轉眼又馬上飛進旁邊較矮的一棵柳樹，就跟剛剛的情景一模一樣。

「還活著嘛，大家只是靜靜地看著我們的笑話。」慶次郎看起來十分失望。

「是啊！石頭都還沒丟到，大家就飛走了嘛！」說著說著，我也覺得失落了起來，又繼續涉水向著對面的河岸前進。

我們沿著河岸往上走，發現了像是可以做成磨刀石般又軟又白的圓形石頭。其實那石頭要做成磨刀石或許太軟了點，但我們還是常把這種石子叫做磨刀石，放在其他較硬的大石頭上用水磨擦成四角形。慶次郎用兩手搬起了它，噗通一聲用力往河裡丟去，那石子馬上就沉到了水底，純白中看起來又帶點淡藍色。見到這光景，我又有一股說不出的哀傷。

就在這個時候，天空突然吵雜起來，我們抬頭一看，原來是一大群的伯勞正從我們頭上飛過。伯勞像是害怕我們似地，飛得比先前更高，接著飛過兩棵柳樹，在通過前方的第三棵柳樹時，又像是被什麼吸住一樣，忽然往樹裡頭衝去。

但慶次郎和我都不會再認為樹裡頭有死的伯勞了。慶次郎把石頭丟出去後，伯勞又全部飛了出來。就連前面較矮的那棵柳樹裡，也飛出了剛剛那群嘈雜的伯勞。一股失落之情油然而生的我，這時想著該回家了。

「那樣的樹一定在某個地方啦……」慶次郎這麼說。

我也是這麼想，電動柳樹一定是在某個地方，但絕不會是在這條河上。

「我們到別的地方看看吧！原野中的其它地方，我們去看看吧！」我說。

慶次郎不吭聲地邁開腳步，我們離開河岸往岸邊的草原走去。

然後我們往毒森林山腳下的黑色松樹林前進，踏過像狐狸尾巴的褐色芒穗。

這時慶次郎突然回頭叫著說：

「哇，你看！有這麼多！」我也回頭一看。

近千隻的伯勞鳥飛在半空中，像是要往原野的遙遠那頭飛去，但卻又突然全部降落到一棵柳樹上。但是我們再也不想說些什麼了，我們雖然不認為有會吸鳥的柳樹，但因為鳥的降落過於猛烈，所以也不會完全否認有這樣的事。總之，我們心情真的很差。

「算了，回去吧！」我說道。於是慶次郎也悶聲不響地轉身就走。

儘管如此，直到現在，我們還是深深相信柳樹有一種吸住鳥類的神奇力量。

飢餓陣營

饑餓陣營

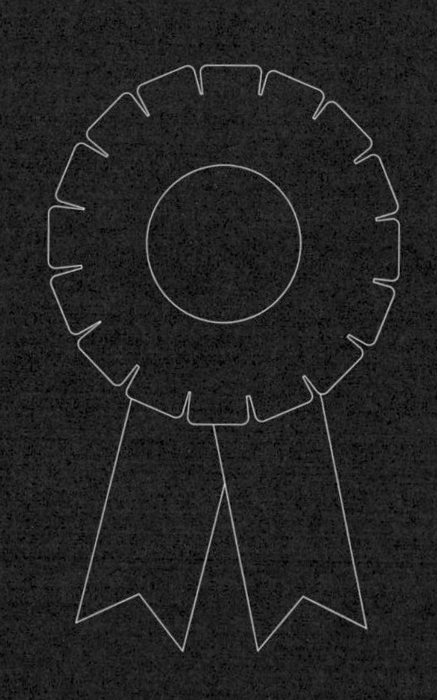

比起你們的忠誠，我的勳章實在不算什麼。神一定會稱讚你們的啊。其實從神的天眼看來，勳章和肩章等等，不過就是和瓦礫差不多的東西罷了。

お前たちの誠心に較べてはおれの勲章などは実に何でもないじゃ。おお神はほめられよ。実におん眼からみそなわすならば勲章やエポレットなどは瓦礫にも均しいじゃ。

第一幕

人物

巴拿南將軍

特務曹長

曹長

士兵一、二、三、四、五、六、七、八、九、十。

地點

不詳，劇中稱為馬爾頓草原。

時間

不詳

幕起

遭砲彈攻擊而損壞的老舊穀倉內，一支倖存的巴拿南軍團佔據於此，作為馬爾頓草原上的臨時陣營。

右手邊開始以曹長為首，士兵一、二、三、四、五登場，排成一列沿著牆壁前進。

曹長：「已經一點半了，到底怎麼一回事？巴拿南將軍還沒過來。胃裡的時鐘都已經指著十點了，巴拿南將軍還不回來。」

沿著正對面的牆壁走，向左踏出腳步。

（銅鑼的聲音）

從左手邊，特務曹長和士兵六、七、八、九、十的五人一同登場，排成一列沿著牆壁前進。右邊的隊伍繼續踏步行舉手禮。左邊的隊伍答禮。

特務曹長：「已經兩點了，到底怎麼一回事？巴拿南將軍還沒到這裡。胃裡的時鐘已經指著十點了，巴拿南將軍還不回來。」

左邊的隊伍沿著右手邊的牆壁踏著步伐。

（銅鑼聲）

曹長特務曹長（互相向對方靠近繼續踏著步伐唱道）：「糧食匱乏四月的春寒料峭，胃裡的時鐘也已經亂七八糟了。」

合唱：「到底怎麼一回事？巴拿南將軍。就這麼一遍，再探頭看看吧！」各自退場。

（銅鑼聲）

右隊登場，如同剛才一樣全部重來一遍。人物呈現相當疲勞的狀態。

曹長：「已經四點了，到底怎麼一回事？巴拿南將軍還沒到這裡。已經四點了，到底怎麼一回事？巴拿南將軍還不回來。」

左隊登場：「已經四點半了，到底怎麼一回事？巴拿南將軍還沒到這裡。已經五點了，到底怎麼一回事？巴拿南將軍還不回來。」

（銅鑼聲）

曹長特務曹長：「將軍可能一個人在不知名的樹林裡，敲打著樹上的蘋果也說不定。將軍現在可能在不知何處的田圃裡，喀哩喀哩地大嚼特嚼紅蘿蔔呢！」

（銅鑼聲）

右隊入場，每個人都拖著疲憊不堪的身軀走著，

曹長：「已經七點半了，到底怎麼一回事？巴拿南將軍還沒到這裡。已經七點半了，到底怎麼一回事？巴拿南將軍還不回來。」

左隊登場已經疲累至極。

曹長特務曹長：「已經八點了，到底怎麼一回事？巴拿南將軍還沒到這裡。已經八點了，到底怎麼一回事？巴拿南將軍還不回來。」

（銅鑼聲）

站著的人們合唱（斷斷續續地）

「假如是在戰場捐軀那麼死了也就算了，但是此時此刻卻不想因為飢餓而死去。啊！與世長辭前，真想吃些香蕉或什麼的。」

（一同倒下）（銅鑼聲）

巴拿南將軍登場。肩膀上裝飾著香蕉的肩章，胸前掛滿了水果的勳章。

巴拿南將軍：「累啊！累啊！真是筋疲力盡，兩隻腳就像是兩根大枴杖，終究是酒喝多，馬肉也吃太多。」

（大叫）

「什麼啊！怎麼一片烏漆抹黑的嗎？都這麼晚了還不點燈嗎？」

士兵等人站起來行舉手禮。

將軍：「點燈！你們這些脫線的傢伙。」曹長點燈。

士兵等人看著將軍的肩章和勳章，想吃的慾望特別強烈。

將軍：「脫線的傢伙們，你們看起來全都像一團爛泥人哪！」

將軍翹起腳來坐著，從口袋拿出報紙和老花眼鏡後皺著臉讀報。接著頻頻打嗝，不久之後就睡著了曹長低聲說：「將軍的勳章看起來很美味哪！」

特務曹長：「看起來真是很美味哪！」

曹長：「那是不能吃的嗎？」

特務曹長：「當然不行。從來沒有軍人吃過代表名譽的勳章。」

曹長：「要是吃了的話會怎麼樣呢？」

特務曹長：「會受軍法審判，然後一定會被判槍決。」同時，士兵們又再度一同倒下。

曹長（抬起臉來）：「長官。我已經下定決心了。我們會處在這個飢餓陣營中，一切都是註定好的命運。現在的我們不會因為戰爭，而是會因為飢餓而全部陣亡。那巨大的巴拿南軍團碩果僅存的十六名生存者——我們，只有死路一條。但假如現在我偷了將軍的肩章和勳章分給眾人裹腹，大家就不會餓死。而後我將一人承擔所有的責任接受軍法審判，就算被槍決也無妨。」

特務曹長：「曹長，你說得好。上層絕對不會只殺你一個人的，我也和你一起去。為了換取十條性命就拿我們兩人的命去抵償吧！好，那就這麼辦。集合！注意！右邊隊伍站好。報數！」

士兵們：「一、二、三、四、五、六、七、八、九、十、十一」

特務曹長：「將軍閣下現在還在休息。知道了嗎？雖然我們偏離軍法的規定，但從現在開始，開動！」士兵們大為高興。

曹長（踏出一步）

特務曹長：「不行，不能用偷的。我們必須要更堂堂正正地進行。知道嗎？我來動手。」

特務曹長走到巴拿南將軍面前立正站好。曹長以下的士兵們也都跟在後面排成一列站好。

特務曹長（舉手，大叫）：「閣下！」

巴拿南將軍（徐徐睜開眼睛）：「搞什麼鬼？這麼吵！」

特務曹長：「閣下的功勳實是照亮四海。」

將軍：「嗯，很好。」

特務曹長：「而閣下您的榮譽也就是我等屬下的榮譽。」

將軍：「嗯，很好。」

特務曹長：「閣下的動章實在漂亮。身為屬下的我等眾人每當仰望閣下動章之時，可謂感激涕零地無以言喻。」

將軍：「嗯，那是當然的嘍！」

特務曹長：「然而我等至今仍然沒能有幸得到這個機會，讓自己能擁有足夠的資格來拜見閣下勳章的光榮。」

將軍：「話是這麼說沒錯，到目前為止一直都很忙呢！」

特務曹長：「閣下，我等屬下還望得到您的允許，藉著此機會拜見您的勳章。」

將軍：「好，要看哪一枚勳章？」

特務曹長：「從最大的開始。」

將軍：「這是最大的一枚。隆坦普那魯魯勳章。」他拿下胸前最大的勳章遞給特務曹長。

特務曹長：「這是在哪個戰役之中受贈的呢？」

將軍：「印度戰爭。」

特務曹長：「正中央藍色的部分是真正的粗粒糖吧？」

將軍：「是真正的粗粒糖沒錯。」

特務曹長：「實在是非常氣派。」（遞給曹長，曹長遞給士兵一，士兵一馬上將它吞下。）

特務曹長：「接下來是什麼呢？」

將軍：「方提普拉克勳章。」拿下來。

特務曹長：「這實在太亮眼了，真是令人眼花撩亂。」

將軍：「這是贏下和中國的尼古丁戰役獲頒的。」

特務曹長：「真是漂亮。」

將軍：「那是當然的。」（士兵二吞下這枚勳章）

將軍：「怎麼樣？這枚是西藏戰爭的。」

特務曹長：「原來如此，上面有西藏馬的標誌。」（士兵三吞下這枚勳章）

將軍：「這是普法戰爭的。」

特務曹長：「原來如此，上面有拿破崙波拿帕的頭像。可是閣下您曾參加普法戰爭嗎？」

將軍：「沒有，那是用六十錢買的。」

特務曹長：「原來如此，真的非常漂亮。六十錢太便宜了。」

將軍：「嗯！」（士兵四吞下這枚勳章）

特務曹長：「那下一枚勳章是哪一枚呢？」

將軍：「這個。」

特務曹長：「這是從哪來的呢？」

將軍：「美國。紐約的美利堅麵粉公司送我的。」

特務曹長：「這樣啊，真是令人驚訝！」（士兵五吞下這枚勳章）

特務曹長：「接著是哪一枚呢？」

將軍：「這枚。」

特務曹長：「這非常少見呢！也是參加中國戰爭獲得的嗎？」

將軍：「不是，這是和中國的將軍用五隻豬換的。」

特務曹長：「原來如此，這是火腿三明治呢！」（士兵六吞下這枚勳章）

將軍：「這個怎麼樣？」

特務曹長：「非常漂亮，是什麼的勳章呢？」

將軍：「從兒子那裡換來的。」（士兵七將它吞下）

特務曹長：「那這一個呢？」

將軍：「這是在摩納哥王國裡輪值看守田地的時候拿到的。」

特務曹長：「實在不好意思。」（士兵八將它吞下）

將軍：「這枚如何？」
特務曹長：「這是哪裡的勳章呢？」
將軍：「這是手工做的。我自己做的喔！」
特務曹長：「原來如此，做得很漂亮呢！還請您讓我看下一枚。」（士兵九將它吞下）
將軍：「這是啊，是在阿富汗參加馬拉松競賽拿到的。」（士兵十將它吞下）
特務曹長：「原來如此，那接下來是哪一枚呢？」
將軍：「只剩下兩個了喔！」
特務曹長（檢查一下士兵）：「再兩個正好。」
將軍：「什麼東西正好？」
特務曹長（拼命敷衍著）：「就是這樣。」
將軍：「勳章嗎？好。」（拿下來。）
特務曹長：「這是哪裡獲頒的呢？」
將軍：「義大利遊民組織給的。」
特務曹長：「原來如此，上面有怪盜基格馬的圖樣。」

特務曹長對曹長說：「喂，拿去。」（曹長將它吞下。）
特務曹長：「實在是非常地漂亮啊！」
將軍：「這個更漂亮喔！」
特務曹長：「這枚勳章是從哪裡獲頒的呢？」
將軍：「從比利時戰役撤退走了十五里的時候，在斯蘭今古頓的街道上撿到的。」
特務曹長：「原來如此。」（將之吞下。）「雖然上面沾了些馬糞但仍相當不錯。」
將軍：「怎麼樣，全部都很漂亮吧？」
眾人一起說道：「之前非常漂亮！」
將軍：「之前非常漂亮？不對，你們說的是什麼意思我聽不懂。
應該要說『都非常漂亮』吧？『之前』不就是過去式了？」
眾人一起說道：「非常漂亮！」
特務曹長：「嗯，其實現在應該要看完了。但閣下，我等屬下還想藉著這個大好機會拜
見閣下您光輝燦爛的肩章。」
將軍：「嗯，好吧。」（將肩章遞給特務曹長。）

特務曹長：「實在是非常燦爛奪目啊！」
將軍：「因為是純金的啊！。可不能將它給融了喔！」
特務曹長：「是的，請您放心。後面的六個人你們好好看著。」（遞過去。最後的六個人接過了肩章，一人掰一塊。）
將軍：「不行、不行，你們不能弄壞那個肩章！」
特務曹長：「不會的，馬上就可以組起來的。我們還想拜見另一邊肩膀上的肩章。」
將軍：「嗯，待會你們可以好好地組起來就沒問題！」
特務曹長：「原來如此，是純金啊！。馬上幫您組好。」（掰了一塊之後遞給曹長。眾人倣效其動作，各自將皮剝了下來。）
將軍（愕然）：「啊！不行不行！不可以把皮剝下來！」
特務曹長：「快點吞下去！」（眾人一同吞下。）
將軍（哭泣）：「啊，真是無情！你們這些狗、畜生、爛人！居然把我的動章都吃掉了。叫我該怎麼辦啊！真是無情哪！哇——」（哭泣……）
（士兵們一片鴉雀無聲。）

（士兵們終於從飢餓深淵中恢復過來，無法忍受自己良心的苛責。）

士兵三：「我們做了很可怕的事呢。」

士兵十：「就像在夢中犯了罪呀。」

士兵一：「勳章和胃袋就像被橡皮筋綁在一起似的。」

士兵九：「我們該怎麼向將軍和國家謝罪才好呢？」

士兵七：「沒有足以謝罪的方法。」

士兵五：「沒有比死更好的方法了。」

士兵三：「大家一起死吧！自殺謝罪。」

曹長：「不用了，全都是我不好。這是我出的主意。」

特務曹長：「不，我才是該負責的人。我必須以死謝罪。」

曹長：「長官，我們就如當初約定的一樣一起死吧！」

特務曹長：「正是。喂，大家。你們對於這次的事件完全不知情，犯下過錯的是我們兩人。我們將負起所有的責任以死謝罪，所以你們絕對不可以衝動尋死，從今以後，你們也要好好地遵守紀律保衛國家。」
士兵們一起說道：「不行。您不可以這樣，不可以這麼做。」
特務曹長：「不行。我命令你們，在將軍還在此指揮的時候，絕對不可輕舉妄動！注意！」
士兵們立正站好。
特務曹長：「曹長，開始準備吧！」（拿出手槍。）「一起禱告吧！」
特務曹長：「飢餓陣營的黃昏之中，犯下的罪孽是何等深重，
啊！藉著夜空青藍火焰，讓我等此身洗淨罪愆。」
曹長：「馬爾頓草原的悲傷之中，光耀不會被土地埋沒，
啊！請降下恩寵的甘霖吧，讓我等此身赦免罪愆。」
合唱：「啊！請降下恩寵的甘霖吧，讓我等此身赦免罪愆。」
（特務曹長舉槍意欲自殺。）
（巴拿南將軍一直不聞不問，但卻突然間站了起來大叫。）
將軍：「停下來，住手！」
（特務曹長舉槍呆立，將軍奪過手槍。）

巴拿南將軍：「我了解了。我徹底看透你們的內心了。比起你們的忠誠，我的勳章實在不算什麼。神一定會稱讚你們的啊。其實從神的天眼看來，勳章和肩章等等，不過就是和瓦礫差不多的東西罷了。」

特務曹長：「將軍，我們實在做了非常對不起您的事。」

曹長：「將軍，請賜我死吧！」

巴拿南將軍：「算了，不需要。」

特務曹長：「可是，自此以後我等屬下每日拜見將軍軍裝時，必會受到強烈的良心苛責。」

將軍：「算了。現在我得到了只有神才有的力量，發明了一種新體操。我將之命名為生產體操。這是為了與我之前發明的不生產式體操做區別。」

特務曹長：「閣下，請務必讓我們接受您的訓練。」

將軍：「嗯，那當然好。準備好了嗎？那麼，集合！（全體如平時號令般行動。）太帥了！右隊學習。站好。報數！」

士兵：「一、二、三、四、五、六、七、八、九、十、十一、十二」士兵組成隊伍。

將軍：「前排前進兩步，偶數前進一步。」

將軍：「好了嗎？現在我們開始生產體操。第一是果樹整枝法。了解了嗎？三號。」

士兵三：「了解了。果樹整枝法。」

將軍：「很好。果樹整枝法其一，金字塔。號令一的時候做出這個形狀。號令二的時候恢復原狀。知道嗎？」將軍舉起兩手，做出整枝法的金字塔形狀。

將軍：「了解嗎？果樹整枝法其一，金字塔。一，好。二，好。一、二、一、二，停！」

將軍：「知道了嗎？接著是底座。我說一的時候做出這個形狀，二的時候恢復原狀。準備好了嗎？知道了嗎？五號！」

士兵五：「是的，明白。底座，排成獎盃的形狀。」

將軍：「很好。果樹整枝法其二，土台，一。」

士兵：「一——」

將軍：「二、一、二、一、二、一、二，停！」

將軍：「接著是果樹整枝法之三，康底拉布魯。這裡要將兩枝康底拉布魯做成U字型。此要領是雙肩和雙臂呈現U字的形狀，如果形成直角，不僅對於血液循環無益，對樹汁的運行也是無益的，所以重點是要做成這種形狀。了解了嗎？六號。」

士兵六：「了解了。康底拉布魯，U字型。」

將軍：「很好。果樹整枝法其三，康底拉布魯，開始。一、二、一、二、一、二，停！」

將軍：「很好。果樹整枝法其四之一，水平高爾頓。開始！一、二、一、二、一、二、一、二、一、二，停！」

將軍：「接著是四之二，垂直高爾頓。這個步驟現在這樣就可以了。只是取它的名稱而已。一、二、一、二、一、二，可以嗎？八號。」

士兵八：「垂直高爾頓。」

將軍：「很好。果樹整枝法其四，四之二，垂直高爾頓。開始！一、二、一、二、一、二，停！」

將軍：「下一個步驟是，伊班塔兒。做出扇形，像這樣的形狀。這個伊班塔兒和底座不一樣的地方是，手和身體是處在同一平面的，知道嗎？九號！」

士兵九：「是。果樹整枝法其五，伊班塔兒。」

將軍：「很好。果樹整枝法其五，伊班塔兒。開始！一、二、一、二、一、二，停！」

將軍：「接著是果樹整枝法其六，搭棚架。這是栽培梨子或葡萄的時候用的技術。搭一個棚架，棚架。知道了嗎？十號！」

士兵十：「果樹整枝法第六，搭棚架。」

將軍：「很好。果樹整枝法第六，搭棚架。開始！」

（士兵們勾著手臂搭了一個棚架。巴拿南將軍提著小籃子鑽到棚架底下去摘取果實。）

巴拿南將軍：「實在是很美麗啊！這些果實都是琥珀做的，而且還沒有琥珀的奇怪味道，果實內還富含又甜又涼的果汁，以及新鮮的甘酯。因為這些寶石數量相當繁多，所以也不至於煩惱分配的問題。明年也還會再結出果實來，真是感激啊！這葉子又如此美麗，根本就是黃金呢！要是受到日光照射而將葉綠素照得透徹的話，還會生出葉綠黃金來。值得無盡讚美的萬能的神哪！」

（將軍提著裝滿了水果的籃子走了出來。他拿出記事本快速地在上面寫了些東西，然後遞給特務曹長，再依序傳遞下去，他不停地一邊唱著一邊向前行進。士兵們跟在後面唱著。）

巴拿南將軍進行曲

合唱：「功勳顯赫彪炳的巴拿南軍團，
臨時駐屯在馬爾頓草原，
頹廢荒涼山河中一籌莫展地，
日以繼夜地度過每一天。
飢餓陣營中我軍英勇將士們，
不畏達姆彈葡萄彈以及毒氣坦克車，
但面對飢餓與疲勞只坐以待斃，
無法遏止地吞食了將軍身上，
焯焯生輝的勳章、光彩奪目的肩章，
那歷歷罪證已確具鑿。
可憐可哀的兩位兵士們，
意欲一肩擔重責以死來謝罪，
此時此刻天之上浮雲的那端，
天神遙遙遠遠地垂首瞻望著，

天神慈悲賜諸於眾人之恩寵，
就是所謂新式生產體操喔！
底座、金字塔、康底拉布魯
還有扇形花樣的伊班塔兒，
特別是還有兩種高爾頓
甚至還有果樹的棚架，
對於如同光芒般降臨下來的
天空之果實到底應該怎麼辦？
之於燦爛光輝的因雨濕濡的黑土，
但願無上的光榮降臨於其上，
之於燦爛光輝的因雨濕濡的黑土，
但願無上的光榮降臨於其上。」

青蛙的膠鞋

蛙のゴム靴

某個夏天的傍晚時分，阿肯、阿本和小班三隻青蛙，坐在青蛙阿肯家前面的鴨跖草廣場賞雲。青蛙們最喜歡看夏天的積雨雲。

ある夏の暮れ方、カン蛙ブン蛙ベン蛙の三疋は、カン蛙の家の前のつめくさの広場に座って、雲見といふことをやって居りました。一体蛙どもは、みんな、夏の雲の峯を見ることが大すきです。

在松樹和小橡樹林下方，有一個很深的攔河堰，岸邊長滿茂密的荊棘、鴨跖草和蓼屬植物。在一個十株鴨跖草聚集處的下方，是青蛙阿肯的家。

而樹林中的小橡樹下，則是青蛙阿本的家。

至於樹林對面的芒草堆中，則有青蛙小班的家。

這三隻青蛙不僅年齡相同，身體大小也差不多，還有一股不輸給彼此的驕傲與調皮。

某個夏天的傍晚時分，阿肯、阿本和小班三隻青蛙，全坐在青蛙阿肯家前面的鴨跖草廣場賞雲。青蛙們最喜歡看夏天的積雨雲，那純白蓬鬆、如玉髓似碎石，又像是蛋白石雕製而成的葡萄裝飾品般的積雨雲，任誰看了都覺得壯麗，對青蛙們來說更是如此，牠們天天看、日日望也不厭倦。為什麼會如此著迷呢？原因就在積雨雲從某個角度看起來就像青蛙頭，還有點像是春天的青蛙卵。如果日本人有賞花或賞月，青蛙們就是賞雲了。

「實在是太美了。越來越像平涅達形狀了。」

「嗯，是淺黃金色的喔！讓人聯想起永恆的生命呢。」

「這就是我們的理想吧！」

積雨雲漸漸變成「平涅達」的形狀。所謂的「平涅達形狀」在青蛙眼中是相當高貴的東西，指的是一種平坦的形狀。積雨雲逐漸散去後，周邊變得越來越稀薄、灰暗。

「最近，哈隆很流行膠鞋欸！」哈隆是青蛙語。指的是人類的意思。

「嗯，大家好像常穿呢。」

「我們也好想要啊！」

「就是說嘛，只要穿上它，別說是栗子的帶刺外殼，根本什麼都不用怕了。」

「好想要啊！」

「有得到膠鞋的方法嗎？」

「應該有吧！只是我們穿的膠鞋無論是大小或形狀都和哈隆不同，不重新修改是不行的。」

「嗯，說的也對。」

不久，積雨雲全都散去，周邊變成一片藍。青蛙小班和青蛙阿本對青蛙阿肯說了：「再見。」後，便縱身躍入樹林下的攔河堰中，各自游回自己的家去。

＊　＊　＊

青蛙阿肯在桔梗色的薄暮之中，雙手抱胸沉思了許久。。

過了好一會兒，才終於「嘎、嘎」地叫了二聲。接著便啪噠啪噠地走過草原，來到了田裡。

他壓低聲音，呼叫道：

「野鼠先生，野鼠先生。喂！你在嗎？」

「在啊！」野鼠應聲後，跳到了青蛙面前。那張原本就稍黑的臉，現在更是黑得幾乎看不見了。

「野鼠先生，你好。有一件事想麻煩你，你可以聽我說嗎？」

「好啊，你就說吧！去年秋天我吃了蕎麥丸子得到傷寒，病重之際多虧你親切的照料，這份恩情我不會忘記的。」

「是嗎？既然如此，我想請你幫我找一雙膠鞋。什麼形狀都行。我自己會修改的。」

「啊，好，明晚前一定拿來給你。」

「是嗎？真是謝謝你。那就麻煩你了。再見囉。」

於是，青蛙阿肯高高興興地回到自己家中睡覺了。

＊　＊　＊

隔天晚上。

青蛙阿肯又來到田裡，輕聲地叫喚：

「野鼠先生，野鼠先生。喂！你在嗎？」

野鼠看來似乎十分疲倦，睡眼惺忪的牠大大地嘆了口氣，面帶不悅地走了出來，劈頭就把一雙小小的膠鞋拋到青蛙阿肯面前。

「吶，青蛙阿肯，拿去吧！真是件苦差事啊！這可是花了很大的工夫，我還擔心差點就沒命了。你的恩情我就此還清了，搞不好還有點過頭。」說著，野鼠就一溜煙地跑走了。

青蛙阿肯見到野鼠如此激動的言行，也呆了好一會兒，等他整理好思緒後，覺得這也是應該的。首先野鼠必須拜託普通的老鼠，普通的老鼠又去拜託貓，貓再拜託狗，狗再拜託馬，馬才可以在穿自己的馬蹄鐵的時候，趁亂多拿一雙膠鞋；然後，馬把鞋子交給狗，狗把鞋子交給貓，貓又交給普通的老鼠，普通的老鼠再交給野鼠。而每個階段完事後，對方或許都會要求謝禮什麼的，一定會聽到許多令人不悅的話吧！此外，馬兒偷走膠鞋的事如果之後曝了光，肯定會被人類毒打一頓吧！野鼠要擔心這整件事，怪不得如此地難受不堪。不過，當青蛙阿肯見到這雙漂亮的膠鞋後，早已高興得合不攏嘴。

青蛙阿肯馬上動手敲打拉扯，把鞋修改成適合自己的腳形，然後發出詭異的笑聲，一整晚就這麼走來走去，直到天邊露白，才拖著疲憊的身子回家睡覺。

＊＊＊

「阿肯，阿肯，賞雲的時間到了喔！喂、喂！阿肯。」青蛙阿肯張開眼睛一看，只見青蛙阿本和青蛙小班正用力地搖著自己的身體。原來是淺金色的積雨雲正聳立在東方的天空中。

「咦，你穿膠鞋耶，哪裡拿到的？」

「哎，這個可是花費大把工夫、費盡心思、傷透腦筋，冒著生命危險才拿到的。你們是不可能擁有的，我走給你們看看！看吧！很合適吧！我穿上它踩著輕快的腳步時，看來就像在演戲。如何？很像凱吧！很棒吧！」

「嗯，真的是很棒。我們也好想要喔！可是又沒辦法。」

「你們沒辦法啦。」

積雨雲呈現一片銀色，現在正掛在天上最高的地方。但是，青蛙小班和青蛙阿本根本沒在看，他們只是盯著那雙膠鞋。

就在這時，一隻漂亮的青蛙小姐從對面跳過來，在鴨跖草的那頭害羞地探著頭。

「露娜小姐，妳好。有什麼事嗎？」

「爸爸叫我來嫁人。」青蛙小姐沉著臉。

「我怎麼樣呢？」青蛙小班說。

「不然我也不錯啊！」青蛙阿本跟著說。

而青蛙阿肯則什麼話也沒說，只是在那輕快地走來走去。

「啊，我決定了。」

「決定和誰了嗎？」二隻青蛙猛眨著眼睛。

青蛙阿肯還是在那快步地走來走去。

「那個人。」青蛙小姐用左手遮住臉，張開右手手指指向青蛙阿肯。

「喂，阿肯，小姐決定和你結婚了。」

「什麼？」

青蛙阿肯一臉若無其事地望向這邊。

「小姐要帶著你走的意思啦！」

青蛙阿肯趕忙走了過來。

「小姐妳好，請問有什麼事找我嗎？原來如此，我知道了。好的，我明白。那麼，時間呢？結婚的日子。」

「就八月二日吧。」

「好啊！」青蛙阿肯裝模作樣地抬頭注視著天空。

空中的積雨雲又變成平涅達形飄動著。

「那麼，我就回家跟大家說這件事囉。」

「嗯！」

「再見。」

「再見囉！」

青蛙小班和青蛙阿本氣呼呼的，轉身掉頭就各自回家了。由於實在太生氣，兩隻青蛙用兩腳踢著水游過了樹林下方的攔河堰。至於青蛙阿肯有多高興，自然無需多說。他到處走著，一直到虧凸月從東方昇起的那時，才總算回家睡覺。

＊＊＊

青蛙露娜的家人和青蛙阿肯商談多次，做了許多準備，兩隻青蛙的婚事漸漸塵埃落定。後天就是結婚典禮了，這天清晨青蛙阿肯在睡夢中說：

「今天我一定要走去大家家裡拜訪，請牠們來參加後天的婚禮。」

但是清晨到天亮之際，天空卻開始下起雨來。樹林嘎嘎地響著，青蛙阿肯家前的鴨跖草，被污濁的水給淹沒，看來是那麼地模糊不清。即使如此，青蛙阿肯還是鼓起勇氣走出家門。攔河堰中的水既混濁，水勢又高，有幾株蓼屬植物和鴨跖草早已淹沒在水裡，要衝過去還真有點可怕。然而青蛙阿肯還是從一株蓼屬植物上往水裡一跳，奮力地游了又游。儘管牠一面游一面被沖回頭，最後總算還是游上了對岸。

接著他飛快地通過青苔，穿過幾條蟲在走的路，大顆的雨珠打落在膠鞋上，發出啪啪的聲響，他來到小橡樹下的青蛙阿本家，高聲呼叫著：

「阿本，阿本今天在家嗎？」

「您哪位？喔，是你啊！進來吧。」

「嗯，好大的一場雨啊！今天的帕森大街連個生物的影子也沒有。」

「這樣啊，這雨還真大。」

「對了，你也知道的，後天就是我的結婚典禮了，記得來參加喔。」

「嗯，對吼！你這麼說我才想到，當時那條紅色小蟲好像說過這件事，我會去的。」

「謝謝你。麻煩你囉，再見啦。」

「再見囉。」

青蛙阿肯又踩著啪啪的腳步聲穿過樹林，來到青蛙小班位於芒草堆中的家。

「你好，小班今天在家嗎？」

「您哪位？是你啊！進來吧。」

「謝謝。好大的一場雨啊！今天的帕森大街出奇地安靜呢！」

「這樣啊，這雨實在下得好大。」

「話說，你也知道的，後天就是我的結婚典禮了，你一定要來參加喔！」

「啊，好像在哪聽說過？我會去的。」

「是嗎？那我就先走了。」

「再見啦。」於是，青蛙阿肯又踩著啪啪的腳步聲穿過樹林，努力地游過攔河堰回到家，這才總算安下心來。

＊　＊　＊

青蛙阿本在這時也剛好來到青蛙小班的家。

「你好，你好。」

「來了。呀，是你啊！進來吧！」

「阿肯來過了吧！」

「是啊，真是氣人！」

「就是說嘛，混帳！真想給他點顏色瞧瞧呢。」

「我可是想到個好辦法喔！明天一早呢，雨要是停了，我們就在結婚典禮前把他拉出去散步，到那個割過的茅草堆上走一走。或許會有點痛，但我們就忍耐一下。這麼一來，那傢伙的膠鞋就完蛋了。」

「嗯，好主意。但只是這樣，還是沒辦法消我這股怨氣。等典禮一結束，我們再把他拉出來，引他掉到麥田中打樁用的洞裡去。上面先用些樹葉什麼的蓋住，這就交給我去辦好了。」

「這也不錯喔！那麼，就等雨停了。」

「嗯。」

「那就再見啦！」

青蛙們的「再見啦！」真是聽都聽膩了。再等一會兒，請大家忍耐一下。真的再一下就好了。

＊　＊　＊

隔天過午，雨停了，陽光也出現了。青蛙小班和青蛙阿本一起來到青蛙阿肯的家。

「今天真是恭喜你，我們前來赴約囉。」

「嗯，謝謝你們。」

「不過，離結婚典禮應該還有些時間，要不要出去走走呢？散散步臉色會好看些喔！」

「說的也對，走吧！」

「我們三個手牽著手走吧！」青蛙阿本和青蛙小班各抓起青蛙阿肯的一隻手。

「雨後的空氣真是清新呢。」

「嗯，清清爽爽的，真是舒服。」三隻青蛙就這麼來到割過的茅草堆上。

「啊，景色真棒。我們從這裡走過去吧！」

「喂，不要啦！該回去了。」

「好不容易來到這裡的，再走過去看看嘛！走啦！」兩隻青蛙拉著青蛙阿肯的手往前走，忍著自己腳上的痛，仍然努力地往茅草堆上走去。

「喂，算了，饒了我吧！這裡走不得的。太危險了，快回去吧！」

「景色真的很棒，快點再往前走吧！」二隻青蛙盯著青蛙阿肯還沒破掉的膠鞋一起說著。

「喂，真的算了，別開玩笑了。走吧！啊，好痛！啊，鞋子破了。」

「如何？空氣很好吧！」

「喂，回去吧！不要再拉著我。」

「景色真的是不錯呢。」

「放開我，放開我。快放手！可惡。」

「咦？好像有什麼咬住你的腳囉？別這樣嘛！我們會好好地抓住你的。」

「放手！放手！快放開我。混帳！」

「還咬著你嗎？那就糟了。快逃吧！快跑！快！」

「好痛啊！快放、放開我啦！你這混帳東西。」

「快、快點。看，已經不要緊了。哇，你的鞋子都破掉了，怎麼會這樣呢？」

實際上，膠鞋早已被芒草割得破爛，從青蛙阿肯腳上剝落到四處，整雙鞋就這樣沒了。

青蛙阿肯不發一語，看似有說不出的悔恨，噘著一張嘴。其實，那是咬牙切齒的模樣，但因為沒有牙齒，嘴巴就變成了這副德性。兩隻青蛙總算放手，不停說著場面話。

「你別太洩氣啦。鞋子雖然已經壞了，但新娘就快來了。」

「時間到了，回家吧！回家去等吧！好嗎？」

青蛙阿肯這才悶悶不樂地踏出沉重的步伐。

＊　＊　＊

三隻青蛙回到青蛙阿肯家。過了一會兒，裝飾著款冬葉，插著寬葉香蒲穗的新娘隊伍從遠方走了過來。

隊伍越來越近，新娘父親——青蛙玩郎一邊回頭望著新娘露娜問道：

「女兒啊，新郎是這三個中的哪一個啊？」

青蛙露娜眨了眨小小的眼睛。之所以如此，其實是因為青蛙露娜第一次遇見青蛙阿肯時，她只注意到他腳上的膠鞋，像現在這樣，三隻青蛙赤腳一字排開來，實在是叫人頭痛。不得已只好說：

「不接近點看不清楚。」

「說的也是，弄錯就慘了，冷靜瞧瞧吧。」媒婆青蛙也在後面說道。

但是愈靠近卻愈搞不清楚。三隻都是一樣的大嘴巴，膚色稍黑，眼睛的凸出的程度也差不多，真是愈來愈叫人頭痛了。就在這時，最右邊的青蛙阿肯突然大嘴一張，向前踏出一步行了個禮。青蛙露娜總算安下心來，

「就是他。」語畢，結婚典禮就開始了。典禮的盛大和酒席的豐盛實在難用筆墨形容。總之，典禮結束了，女方家人全都告退離去。這時候，正是積雨雲最閃亮耀眼的一刻。

「度蜜月囉！」青蛙小班說。

「我們馬上護送你們去吧！」青蛙阿本說。

青蛙阿肯沒辦法，只好帶著青蛙露娜出去度蜜月了。就這樣，他們直接就來到鋪著樹葉

的木樁後面。青蛙阿本和青蛙小班說：

「啊，這裡的路不好走。新郎先生，大家牽著手走吧！」青蛙阿肯連縮手的機會都沒有，便被兩隻青蛙各自抓住手。兩隻青蛙自己走在洞穴兩旁，卻硬把青蛙阿肯拉往洞穴上頭。接著，青蛙阿肯腳下的樹葉沙沙作響，青蛙阿肯的身子就這麼搖搖晃晃地掉下去了。青蛙阿本和青蛙小班一轉身就飛快地想往兩邊跑，青蛙阿肯正好抓住兩隻青蛙，兩隻青蛙掙扎的腳劇烈地顫抖著，接下來終於聽到「噗通、啪答」一聲巨響。

三隻青蛙全掉進木樁洞裡的爛泥漿中。抬頭一看，只見到像個小圓圈的天空，還稍微可以看到點耀眼的積雨雲，青蛙們再怎麼拚命掙扎，就是找不到任何可以抓住的東西。

這時候的青蛙露娜，立即展開從前習得的六百米賽跑功力，飛快地跑回父親家去。但是父親等人卻早已醉得不醒人事，大家睡得東倒西歪，怎麼叫也叫不醒。於是青蛙露娜只好又跑回原來的地方，繞著洞穴打轉傷心地哭了起來。

天色慢慢地黑了。

啪答、啪答、啪答。

青蛙露娜又跑回父親家中。

還是怎麼叫都叫不醒。

天色漸漸翻白。

啪答、啪答、啪答。

青蛙露娜再次跑回父親家中。

大家仍然是怎麼叫都叫不醒。

積雨雲上方的太陽下山了。

啪答、啪答、啪答。

青蛙露娜再度跑回父親家中。

依然是怎麼叫都叫不醒。

天邊漸漸發亮。

啪答、啪答、啪答。

天邊的雲峰，平湼達的形狀。

就在這時，青蛙爸爸總算睜開眼睛，出門想去看看青蛙露娜的情形。

結果卻看到疲累得全身發青的青蛙露娜，雙手抱胸地坐著睡著了。

「喂，發生什麼事啦？」

「啊，爸爸，他們三隻全掉到裡頭，說不定都死了！」

青蛙爸爸小心翼翼地把耳朵貼在洞口探聽裡面的動靜，只聽見輕微的啪答聲。

「有辦法了。」青蛙爸爸趕回去召集所有的青蛙同伴。大家拿著樹林中的藤蔓垂進洞內，終於把他們一隻隻從洞裡吊了出來。

三隻青蛙朝天翻著白肚躺著，眼口緊閉，呈現奄奄一息的狀態。

大家找來蘿蔔的毛磨碎餵他們吃下，經過一番折騰總算救活他們。

於是青蛙阿肯和青蛙露娜成為一對佳偶，其他青蛙也從此改過向善，大家努力地工作過活。

風之又三郎

風の又三郎

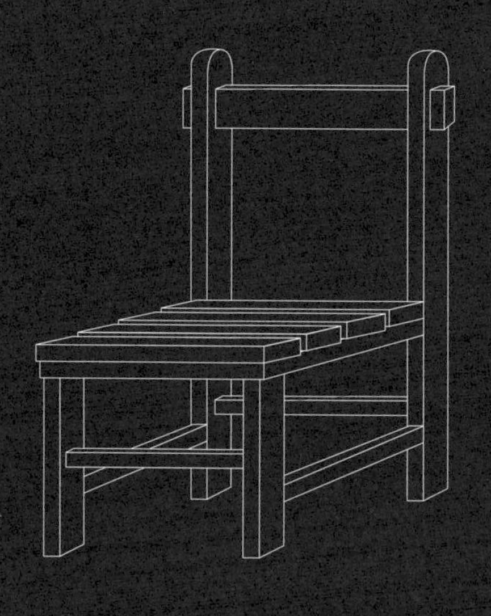

在那個安靜無聲的早晨，教室裡有個不知來自何方，連見都沒見過的奇怪紅髮男孩，一個人坐在最前面的座位上。

そのしんとした朝の教室のなかにどこから来たのか、まるで顔も知らないおかしな赤い髪の子供がひとり、いちばん前の机にちゃんとすわっていたのです。

九月一日

咚　咚咚　咚隆咚　咚隆咚　咚隆咚隆
青核桃　被風吹落了
木瓜海棠　也被風吹落了
咚　咚咚　咚隆咚　咚隆咚　咚隆咚隆

在溪谷的沿岸，有座小小的學校。

這間學校只有一間教室，一年級到六年級的所有學生都在裡面；運動場雖然只有網球場般的大小，後方卻緊鄰著一座長有栗樹的美麗山丘；在運動場的角落，還有個終日湧出冰涼泉水的岩洞。

那是個清爽宜人的九月一日早晨。

秋風隆隆地拂過蔚藍的天空，運動場上灑滿一地的陽光。穿著黑色雪褲的兩個一年級學生繞過河堤進到運動場來，眼見四下無人，便爭相大叫著：

「哇！我是第一，第一喔！」

他們高高興興地踏入校門，往教室一看，卻嚇得渾身僵直。兩人面對面全身發抖，其中一個人忍不住大聲哭起來。原來，在那個安靜無聲的早晨，教室裡有個不知來自何方，連見都沒見過的奇怪紅髮男孩，一個人坐在最前面的座位上。而且這個座位，就是那個大哭的小孩的座位。另外一個孩子也幾乎快哭出來似地，但還是勉強瞪大了眼睛直盯著那紅髮男孩看。

就在這時，遠遠地從上游傳來幾聲：

「啾——阿格里，啾——阿格里」

嘉助揹著書包，像隻大烏鴉似地笑著飛跑進運動場。和身後跟著的佐太郎、耕助等人，大聲喧嚷地進了教室。

「他為什麼在哭啊？你欺負他啦？」嘉助抓住沒哭的孩子的肩膀問道，沒想到那孩子也跟著哇哇地大哭起來。大家覺得奇怪地四下環顧，才發現教室裡有個奇怪紅髮小孩坐在裡頭。

大家瞬間安靜了下來，女孩們也陸續聚集過來，卻沒有人能說出個所以然來。

紅髮小孩絲毫不為所動，依然一派正經地坐在位子上，眼睛直盯著黑板。

接著，六年級的一郎來了。一郎像個大人一樣地，悠閒地大步走來，見到大家便問：「什麼事？」大家這才七嘴八舌地指著教室裡那個奇怪的孩子。一郎看了那孩子一會兒，便挾緊書包快步地走向窗前。

大家也興致勃勃地跟了過去。

「你是誰？為什麼時間還沒到就進教室來了呢？」一郎趴在窗台上，把臉湊進教室裡問道。

「天氣好的時候如果還待在教室，是會被老師罵慘的。」窗前的耕助也說道。

「被罵了也不管你喔！」嘉助說。

「快點出來！快出來吧！」一郎叫道。

但那孩子只是東張西望地看著教室和窗外的大家，卻還是手貼著膝蓋端正地坐著。

話說他整個人實在很奇怪。身穿異常寬鬆的灰上衣，配上一條白色短褲，腳上還踩著一雙紅色半筒皮靴。他的臉簡直就像熟透的蘋果，特別是那雙眼睛，又圓又黑。紅髮男孩看似言語不通的模樣，一郎也不知如何是好。

「這傢伙八成是外國人吧！」「他是來上學的吧！」大家又你一言、我一語地討論著。

五年級的嘉助突然冒出：

「啊，是要讀三年級的吧！」

「是啊！一定是！」低年級的孩子們也跟著一起附和，一郎只是不發一語地歪著頭。

那個奇怪的孩子還是端坐在座位上，怯生生地瞄著大家看。

這時候突然吹來一陣風，把教室的玻璃窗吹得嘎答嘎答直響，學校後山的萱草和栗樹在風中搖曳，顏色顯得異常慘白。教室裡的孩子們不知為何突然咧嘴一笑，微微顫動了一下。

嘉助馬上叫出聲來：

「啊！我知道了，他就是風之又三郎（註）！」

「沒錯啦！」大家也這麼想的同時，

身後的五郎突然大叫一聲：

「哇！痛死了。」

大家回頭一看，被耕助踩到腳趾頭的五郎生氣地揍了耕助一拳。被揍的耕助也生氣地說

「哇！雖然是我不對，但幹嘛打人啊！」耕助作勢要揍五郎。滿臉淚水的五郎也正要衝上前去，接著一郎搶過去夾在兩人之間，嘉助則按住了耕助。

註　風之又三郎：「風之三郎」於現在的岩手、新潟一帶被視為風童神祀奉著。加上「又」字是宮澤賢治的創作，在東北方言中有妖怪的意思。

「喂！不要打架！老師已經在辦公室了！」一郎一邊說一邊向教室裡瞧，瞬間整個人愣住了。原來方才還在教室裡的那個奇怪的孩子已經消失得無影無蹤。大家覺得這就好像一匹好不容易變成朋友的小馬被送走，或是費心抓到的山雀飛走了一樣。

風又咻咻地吹了過來，玻璃窗被吹得嘎答嘎答直響，後山的萱草也泛起蒼白的波浪，慢慢地往上游翻騰而去。

「啊！都是你們吵架，風之又三郎才會不見的。」嘉助生氣地說，大家也都這麼認為。五郎也察覺自己不對，把腳痛的事忘得一乾二淨，沮喪地縮在一旁。

「那傢伙果真是風之又三郎呢！」

「剛好是第二百一十天來的。」

「而且還穿著靴子呢！」

「還有衣服喔！」

「頭髮還紅紅的，真是奇怪的傢伙呢！」

「哎呀呀！風之又三郎在我的桌子上堆了好多碎石頭。」二年級的孩子說。大家一看，那孩子的桌子上有好多髒髒的碎石子。

「真的耶！啊！那邊的玻璃也被打破了。」

「才不是。那是嘉助在放假前用石頭砸破的。」

「哪有，才不是咧。」嘉明說著這句話的同時，讓人不禁疑惑這又是怎麼一回事。

老師此時從玄關走了進來，右手拿了個亮晶晶的哨子，看似準備過來叫大家集合的樣子。此時有個戴了頂白帽子，像菩薩跟班的孩子尾隨在老師身後迅速地走了過來，他就是剛剛那個紅頭髮的孩子。

大家頓時安靜無聲。

終於等到一郎開口說了聲：「老師早！」

大家才跟著叫著：「老師早！」

「大家早啊！大家的精神都很好呢。來，排好隊。」老師吹了哨子。嗶嗶的聲音傳到山谷的那頭，又化為低沉的哨音傳了回來。

大家都認為，一切又恢復到放假前的模樣，一個六年級生、七個五年級生、六個四年級生，以及十二個三年級生按組別各排成一排。八個二年級生和四個一年級生伸手擺出向前看齊的動作。

這時，站在老師身後的那個紅髮孩子，不知是覺得奇怪還是好玩地用臼齒咬著唇緣，直盯著他們瞧。老師開口要高田過來，並把他帶到四年級生的那排；接著讓他和嘉助比過身高後，把他排到了嘉助和清的中間，大家都回頭盯著這一幕。老師又走回玄關前發號施令：

「向前看齊！」

大家又再次地舉起手排成整齊的隊伍，但同時又很想看那怪孩子的反應，只好輪流地轉頭或斜眼偷看。接著那孩子似乎也知道什麼是向前看齊，便如往常般地把雙手向前平舉，不料指尖剛好碰觸到嘉助的後背，嘉助覺得搔癢難耐，不停地扭動著身體。

「放下！」老師又命令道。

「從一年級開始，向前走！」

一年級生邁開腳步後，二年級生、三年級生也陸續跟上去，經過大家面前，進入右手邊鞋櫃旁的門口。四年級生邁出步伐時，剛才那孩子也跟在嘉助後面，大搖大擺地走出去。走在他前面的孩子不時回過頭來看，後面的孩子也直盯著他瞧。

接著大家把鞋子放入鞋櫃後進教室，按著剛才在外面排的順序，每一組坐成一排。剛剛的孩子也從容不迫地在嘉助後面坐下。這時的教室早已亂成一團。

「咦！我的桌子裡有碎石子。」

「哇！誰換了我的桌子？」

「吉仔、吉仔，你有帶聯絡簿來嗎？我忘了帶了。」

「喂！借我一下鉛筆！快借我！」

「不行啦！你幹嘛拿人家的筆記本。」

老師正好在這時候進來，大家在一片吵鬧聲中站了起來，最後面的一郎大喊：

「敬禮！」

大家在低頭敬禮時暫時安靜了下來，但之後又開始吵了。

「安靜！大家安靜！」老師說到。

「噓！悅治，吵死了。嘉助、吉仔，喂！」一郎依序斥喝了幾個後排最吵的小孩。

大家終於安靜下來，輪到老師說話了。

「大家都過了個漫長又愉快的暑假吧！可以在河裡從早游到晚，或是在林中叫得比老鷹還大聲，和哥哥去割草時說不定還順便去了上游的原野吧！不過假期已經在昨天結束，今天開始就是第二學期，也入秋了。以前的人說，秋天是人的身心發條上最緊、最適合用功念書的季節。因此大家從今天開始一起努力學習吧！此外在這段時間裡，大家又多了一個新朋友，就是坐在那裡的高田同學。高田的父親因公被調到上游的原野口工作，他之前是在北海道上學，從今天開始會成為大家的好朋友，大家在學校念書，或是去揀栗子、抓魚時記得都要邀他一起去，知道嗎？知道的人把手舉高。」

大家馬上舉起手來。那個叫高田的孩子也用力地把手舉高，把老師逗笑了，老師接著又說：

「看來大家都知道了！好，把手放下。」大家馬上像火被吹熄一樣，唰地放下了手。

這時，嘉助馬上舉起手來叫了聲：「老師。」

「請說。」老師指著嘉助。

「高田同學叫什麼名字？」

「他叫高田三郎。」

「哇！好棒！果然是風之又三郎。」嘉助拍手的樣子就像在座位上跳舞一樣，較年長的孩子都哈哈大笑起來，年紀較小的孩子們則是一臉害怕，靜靜地打量著三郎。

老師又說：

「今天大家都把聯絡簿和作業帶來了吧！有帶來的人把它放在桌子上，我現在要過去收了。」

大家紛紛打開書包或包巾，把聯絡簿和作業放在桌子上。

老師從一年級開始收過去。這時大家都嚇了一跳，因為不知何時開始，教室後面突然多出了一個站著的大人。那個人穿著寬鬆的麻料白上衣，脖子上圍著一條又黑又亮的手帕用來取代領帶；他手拿一把白扇子，正輕輕地往自己臉上搧風，並面帶微笑地看著大家。大家越來越安靜，全身也僵直了起來。然而老師卻好像一點都不在意似地，依序收著大家的聯絡簿。走到三郎面前時，三郎的桌上既沒有聯絡簿，也沒有作業，只有捏得緊緊的拳頭。老師靜靜地走了過去，收齊所有人的聯絡簿和作業後，用兩手抱回講臺。

「那麼，作業會在下星期六改好發回去，今天沒帶來的，一定要記得明天帶來交。這些人是悅治、勇治和良作。今天就到此為止，明天開始請和往常一樣，回家記得做作業。五年級和六年級的同學，請跟老師留下來一起打掃教堂。下課吧。」

一郎起立後大家都站了起來，教室後面的大人也放下手中的扇子跟著起立。

「敬禮！」老師和大家都行了個禮，後面那個大人也跟著輕輕點了個頭。接著低年級的小孩子一溜煙地跑出教室，四年級的孩子們則還在教室裡磨磨蹭蹭。

這時三郎朝那個穿著寬鬆白上衣的人走去。老師也下了講臺走過去。

「哎呀！辛苦您了。」那個大人恭恭敬敬地向老師行了個禮。

「三郎馬上就會和大家成為朋友的。」老師也趕緊回禮地說。

「以後還請多多照顧！我先告辭了。」那人又恭敬地行個禮，用眼神向三郎示意後，便自行先繞過玄關在外面等著。三郎在眾人的注視下，張著那雙水靈靈的大眼走出門口追上前去，和父親兩個人穿過運動場，朝河流下游走去。

走到運動場時，那孩子還轉過頭來注視著學校和大家許久，才又急忙地跟在白衣男人後面離去。

「老師，那個人是高田同學的父親嗎？」一郎抓著掃帚向老師問道。

「是啊。」

「他為什麼來這裡呢？」

「上游原野的入口挖到了一種叫鉬的礦石，他是專門來採礦的。」

「是在什麼地方啊？」

「我也不太清楚，好像是在大家常牽馬走的路，再稍微往下游點的地方吧！」

「鉬礦是做什麼的呢？」

「好像是用來和鐵熔在一起，或是做成藥品之類的。」

「那麼，風之又三郎也會一起挖囉？」嘉助說。

「不是什麼風之又三郎，他叫高田三郎！」佐太郎回說。

「風之又三郎就是風之又三郎！」嘉助漲紅著臉辯稱。

「嘉助，你如果也要留下來的話，就一起幫忙打掃吧！」一郎說道。

「哇！我才不要。今天是四年級和六年級吧。」嘉助趕忙衝出教室逃走了。

風又吹了起來，玻璃窗被吹得嘎答嘎答響，浸著抹布的水桶裡也掀起陣陣的黑色漣漪。

九月二日

隔天，一郎因為好奇那個奇怪的孩子今天開始是否真的會到學校念書，打算邀嘉助一起比平常更早來到學校。沒想到，嘉助的好奇心比一郎更上一層樓，他早就吃完早餐，提著包書的包袱來到一郎家門口等著。兩人一路談論著那個孩子的事到了學校，只見運動場上聚著七、八個低年級孩子在玩著尋寶遊戲，那個孩子還沒來。兩人想著他該不會和昨天一樣坐在教室裡吧，便來到教室查看，教室裡一片寂靜，半個人影也沒有。黑板上還留著昨天打掃時用抹布擦乾後的白條紋痕跡。

「昨天的那個傢伙還沒來啊。」一郎說道。

「嗯。」嘉助回答，同時向四處張望著。

一郎走到單槓底下，用倒吊的方式撐起上半身，慢慢移動雙手到右邊的支架旁，使整個人坐起來，朝著昨天風之又三郎離去的那個方向望。那頭的溪流正閃閃發亮，下面那座山的山頭上似乎正刮著風，萱草時而掀起雪白的波浪。

嘉助還是繼續站在柱子下，專注地望著那個方向，不過他們兩人倒是沒有等太久。右手抱著灰書包的高田三郎突然從下游的路跑上來。

「來囉。」一郎反射性地向底下的嘉助喊了一聲，三郎迅速地繞過河堤，進了正門。

「早安。」三郎大聲地問候。

大家一起轉過身來，卻沒人回應他。大家都只學到要和老師說早安問好，彼此間卻從來不曾說過「早安」突然被三郎這麼一喊，一郎和嘉助反倒怯場了。兩人原本的「早安」兩個字，卻變成了含糊不清的呢喃聲。

三郎似乎一點也不在意，向前走了兩三步後，用那雙黑亮的大眼睛咕嚕嚕地望著運動場，像是在找尋玩伴似地站了幾分鐘。然而大家只是偷偷地打量著他，便又回過頭繼續玩尋寶的遊戲，沒有人去三郎的身邊。

三郎呆立在那，看起來心情不太好，又繼續朝著運動場看了看。接著他像是要量測這個運動場的寬度似地，從正門開始數著步數走，直到玄關。一郎急忙從單槓上翻身下來，站在嘉助旁邊屏息地看著這一幕。

三郎只要走到對面的玄關，就會回過頭來站著歪頭，像是在心算什麼似的。

大家還是好奇地朝著這邊看。三郎有點不知所措地把雙手往後一縮，通過辦公室繼續往對面的河堤走去。

這時風唰地一聲吹過來，堤上的草唏唏嗦嗦地翻擺成波，運動場中央揚起滿天的飛塵吹到了玄關前，打轉形成一個小旋風，把黃色沙塵騰空吹成像一只倒立的瓶子後，直衝屋頂上方。嘉助突然大叫：

「沒錯！那傢伙一定是風之又三郎！每次他一有什麼動靜，就會引來一陣風。」

「嗯。」一郎還是有點搞不清楚，只是默不吭聲地望著那邊看。

三郎根本毫不理會，只是自顧自地快步往河堤走去。

就在這時候，老師又一如往常拿著哨子來到玄關。

「早安。」低年級的孩子們馬上圍過去。

「早安。」老師看了運動場一眼說：「集合！」，接著「嗶——」地吹起哨子。

大家聚集過來，跟昨天一樣認真地排著隊伍。三郎也聽話地排在昨天被指定的位置。老師正好站在向光的位置，他瞇著眼睛閃避刺眼的陽光，一邊發號施令。最後大家從出入口進入了教室。行過禮後老師說：

「各位同學，今天開始正式上課了。大家都把用具帶齊了嗎？那麼一年級和二年級的同學把習字帖和紙、筆和硯臺拿出來，三、四年級的同學拿出算術課本、練習本和鉛筆，五、六年級的同學請把國語課本拿出來。」

話一說完，教室裡立刻陷入一片混亂。其中坐在三郎隔壁四年級座位的佐太郎，突然伸手搶走了二年級的加世的鉛筆。加世是佐太郎的妹妹，她生氣地說：

「哥，你幹嘛搶我的鉛筆！」作勢要搶回自己的鉛筆，佐太郎說：

「這本來就是我的東西啊。」說完就把鉛筆塞入懷裡，學中國人行禮作揖時的模樣，把雙手交叉藏到另一隻袖子裡，又把胸口緊貼著桌沿。加世站起身來要搶回鉛筆，

「哥，你自己的鉛筆不是前天在小屋裡弄丟了嗎，快還給我！」

不料佐太郎死貼著桌沿不動，活像顆巨大的螃蟹化石，加世只能站在那裡緊噘著嘴，一臉快要哭出來的樣子。三郎把國語課本擺好放在桌上，不知所措地將這一切看在眼裡，見到加世臉龐不斷滾出豆大的淚珠，他靜靜地把自己拿在右手的半截鉛筆放到佐太郎面前的桌子。佐太郎眼睛一亮，馬上坐起身子問：

「給我的？」

三郎起先有點猶豫，卻又果決地回答：「嗯！」佐太郎一聽，立刻笑著把懷中的鉛筆交到加世紅紅的小手上。

老師在前面幫低年級生的硯臺加水，嘉助坐在三郎前面，什麼也沒察覺到，只有坐在最後面的一郎把這一切看在眼裡。他不知道該說什麼才好，總覺得怪怪地，不斷咬著牙。

「二年級的同學，我們把放假前學過的減法再重新複習一遍吧。大家算算看這個問題！」

老師在黑板上寫下 25−12。二年級的孩子們各自忙著把題目抄上練習簿。加世也貼著簿子努力

地寫著。

「四年級的同學試試看這題。」說完便寫下 17×4 。四年級的佐太郎、喜藏和申助等人都專心地算起來。

「五年級的同學把課本翻到（兩字空白）頁的（兩字空白）課，不要發出聲音讀一遍，把不懂的字都抄在簿子上。」五年級的孩子們也照著老師的話開始動了起來。

「一郎同學，請翻到課本的（兩字空白）頁，把不會的字寫下來。」

交待完一切後，老師又走下講臺，逐一走動查看一年級和二年級學生的習字情形。

三郎用雙手將課本確實地放到桌子上，並依照老師的指示，不敢稍有停歇地一直讀著。但是他的筆記簿上沒有寫上任何一個字。不知道是他完全認得課本上的字，還是因為他把唯一支鉛筆給了佐太郎，總之誰也不知道。

老師返回講臺，為三年級和四年級的算術題目寫出解答後，又另外出了新的題目。這回換把五年級學生記事簿上寫的字抄到黑板上，並在字旁標上注音符號和意思。接著老師說：

「嘉助同學，請把這裡讀一遍。」

嘉助中途停頓了兩三次，老師一邊糾正他一邊念著。

三郎只是靜靜地聽著。老師也拿起課本仔細聆聽，待嘉助讀完十行後，

「到這裡就好。」老師說完便接下去繼續讀。

像這樣教過一輪後，老師讓大家收拾文具，然後走回講臺說：

「今天就到這邊。」

一郎在後面喊道：

「立正！」大家行過禮後依序走出教室，並各自分開玩耍。

第二堂課是一年級到六年級的音樂課。老師拿出曼陀林，大家在曼陀林的伴奏下，一連唱了五首以前學過的歌。

這些歌三郎也都會，大家就這樣依序地唱起歌，一個小時很快就過去了。

第三堂課，三、四年級是國語課，五、六年級則是數學課。老師又在黑板上寫下題目讓五、六年級學生計算。過了一會兒，一郎算出了答案後看了三郎一眼。只見三郎不知從哪拿來一根軟炭，在練習簿上算著題目。

九月四日　星期日

隔天一早是個萬里無雲的好天氣，溪谷裡傳來了潺潺的流水聲。

一郎在途中邀嘉助、佐太郎和悅治一起到三郎家去。穿過學校附近的下游溪谷後，大家在岸邊各自折下一隻楊柳樹枝，剝下那層青綠色的外皮做成鞭子，邊走邊咻咻地甩著，爬上往上游原野的路。大家快速攀爬時，各個都氣喘吁吁的。

「三郎真的會到泉水源頭那邊等我們嗎？」

「當然囉，又三郎不會騙人的啦。」

「好熱喔。有風就好了。」

「還真有風耶，不知打哪吹來呢？」

「又三郎吹的吧！」

「咦，感覺太陽開始有點模糊了呢。」

天空出現了幾抹白雲，這時已爬了好一段時間。大家在山谷裡的家看來是那麼遙遠，一郎家的小木屋屋頂閃著白光。

路往森林裡延伸，不久後路面變得濕漉漉的，四周烏漆麻黑地幾乎看不見，大家總算來到約好的泉水源頭。這時傳來了三郎的喊叫聲：

「喂！大家都到了嗎？」

大家急忙地拼命往上爬。就在前面的轉角處，三郎正抿著嘴望著往眼前爬上來的三人。三人好不容易來到三郎的面前，但因為爬得太急，只是喘吁吁地一句話也說不出口。嘉助急著想把悶在胸口的氣一吐為快，便朝著天空「霍、霍」地大叫了兩聲。看到這個情景，三郎大笑起來。

「我等好久囉，聽說今天會下雨喔！」

「那就快走吧！不過，先讓我喝點水吧！」

三人擦去汗水，彎下腰來一遍又一遍地掬起白色岩石間不斷冒出的沁涼泉水往嘴裡送。

「我家就在前面不遠處。剛好是那個山谷的上面附近，回去時順便繞去看看吧！」

「嗯，先到原野去吧！」

正當大家要動身時，泉水像是要告知什麼似地發出一聲巨響，周遭的樹木彷彿也跟著沙沙地響了起來。

五個人穿過林邊的灌木叢，越過多處碎石的塌陷處，總算來到上游的原野入口附近。

大家停住腳步，往來時的方向眺望。層層疊疊、明暗起伏的山丘那頭，原野沿著溪流朦朧地拓展出一片翠綠。

「哎呀，你們看那條河！」

「就像春日大明神的腰帶呢。」三郎說。

「你說什麼？」一郎問。

「像春日大明神的腰帶。」

「你看過神的腰帶嗎？」

「我在北海道看過。」

大家不清楚是怎麼一回事，只是保持安靜。

這裡已經是原野入口，修割過的整齊草叢中聳立著一棵巨大的栗樹，樹幹靠根部的地方焦黑一片，就像露出個大洞似地，枝頭上還掛著一些腐繩和破草鞋。

「再過去一點就可以看到許多人在割草喔！那裡到處都是馬呢！」一郎一面說著，一面在修整過的草皮上快步行走。

三郎站在他後面說：

「這裡沒有熊，把馬放著也無所謂呢。」說完又繼續走。

一行人走了一會兒，在路邊一棵巨大的橡樹下，看到有個被棄置的麻袋，四周還散落著一綑綑的牧草。

兩匹身上背著草堆的馬，見到一郎居然噗噗地從鼻子發出聲響。

「哥哥，你在嗎？哥哥，我們來囉！」一郎邊擦著汗邊叫著。

「喂！啊，不要動，我現在就過來。」

前方的窪地裡傳來一郎哥哥的聲音。

四周忽然亮了起來，哥哥從那邊的草叢中笑著走了出來。

「都來了吧！你帶大家過來啦？回去時剛好可以幫我牽馬回去。下午恐怕會變天喔！我再多割些草就走，你們要玩的話，可以到河堤裡面，那裡還有二十多匹牧場的馬。」

哥哥要走去對面時回頭說：

「不要遠離河堤喔！迷了路可是很危險的，中午我會再過來。」

「嗯！我們會待在河堤的。」

一郎的哥哥說完便離開了。天空的稀薄雲層越聚越多，太陽變得就像面白色的鏡子，和雲朝反方向奔馳。接著起風了，還沒修整的草如高低起伏的海浪不斷擺動。一郎沿著剛剛走過的那條小徑向前走去，不一會兒便碰上河堤。在河堤的坍塌處上頭，橫架著二根圓木。

悅治正想從那下面鑽過去時，嘉助說：

「我可以把它搬開喔！」說完就先把圓木的一端抽出放在地上，大家跳過它進入河堤裡。在前方的緩坡上，有大概七匹披著油亮棕毛的馬聚在一起，悠閒地甩動著尾巴。

「這些馬可是每匹都值個千把塊以上，明年還會參加賽馬呢！」一郎邊說邊靠了過去。

那些馬兒像是相當寂寞似地，一直往一郎他們身邊靠。然後湊上鼻頭，像是要跟他們要東西似的。

「哇！牠們想吃鹽巴欸！」說著說著大家全伸出了手讓馬舔，只有三郎像是無法忍受似地，皺著眉頭把手放進口袋裡。

「嘿！又三郎你怕馬喔！」悅治說道。

三郎馬上回說：「才沒有呢！」說著便把手從口袋拿出，伸到馬兒面前。馬兒伸長頭探出舌頭時，他瞬間變了臉色，又迅速地把手放回口袋。

「哇！風之又三郎是真的怕馬欸！」悅治又說。

三郎漲紅了臉，忸怩好半天才說：「既然這樣，那我們來賽馬好了。」大家正在想賽馬是怎麼一回事。

三郎於是說：「我看過好多次賽馬，但是這些馬沒穿馬鞍是不能騎的。我們就各選一匹馬追，先把馬趕到前面那棵大樹的，就是第一名。」

「這挺有趣的喔！」耕助說。

「會被罵的，萬一被馬的主人看到的話。」

「沒關係的，要參加賽馬的馬本來就需要練習呀。」

「好吧！我就選這匹。」

「我要這匹。」

「那我就選這匹吧！」

大家拿了楊柳條和萱草穗，嘴裡噓噓喊著輕輕鞭向馬兒。然而馬兒們一點反應都沒有，牠們還是低頭自顧自地吃著草，或是伸長脖子像是在觀察四周的景色一樣。

一郎於是猛然地拍了一下手，跟著大喊一聲「嚇！」。一下子，七匹馬幾乎同時豎起棕毛似地衝了出去。

「厲害！」嘉助跳起來跟著跑出去。但是，這根本就算不上是賽馬。首先，馬兒從頭到尾都是排列整齊地跑著，而且也不像賽馬的那種速度。儘管如此，大家還是高興得連聲喊叫，拼命地追在馬後面跑著。

跑了一會兒，馬似乎想要停下來。大家雖然跑得直喘氣，卻還是緊追著不放。就這樣，馬不知何時繞過了那個緩坡，來到剛才他們四人進來的河堤坍塌處。

「啊！馬要出去了！快讓它們停下來！」一郎鐵青著臉大叫著。

但馬兒們卻早已越過河堤越跑越快，眼看就要跨過剛剛的圓木了。一郎慌張地直喊著「停、停、停。」拼命地追上前去，好不容易趕上時，他連滾帶爬地張開雙手，卻還是讓兩匹馬給跑了出去。

「快過來拉住啊！快！」一郎上氣不接下氣地喊著，一面設法要把圓木搬回原處。三人急忙鑽過圓木，出來一看，只見那二匹馬已停在河堤外頭，正用嘴巴拔草來吃。

「輕輕過去拉住牠，輕輕地！」一郎說著，緊緊抓住了其中一匹的馬轡上的名牌。嘉助和三郎則靠近另外一匹想要拉住牠，不料卻驚嚇了那馬，馬兒沿著河堤一溜煙地往南跑去。

「哥！馬跑掉了！哥！馬跑了！」不知如何是好的一郎拼命在後面叫著。三郎和嘉助也死命追趕。

沒想到馬兒這回似乎真的跑掉了。馬撥開丈高的野草，或高或低地不顧一切向前奔去。嘉助的腿已經麻痺了，完全感覺不到自己在跑。四周逐漸變暗，嘉助頭暈目眩、體力不支地倒在茂密的草叢裡，最後隱約地看見了馬兒的紅棕色鬃毛，以及追在後面的三郎所戴的白色帽子。

嘉助仰望著天空。白的發亮的天空，還在繼續旋轉著，淺灰色雲層正朝這邊迅速地飄過來。就在這時，天邊響起一陣巨響。

嘉助勉強撐起身子，一邊氣喘吁吁地呼吸一邊朝著馬跑掉的方向追去。草叢中隱約可以見到像是馬和三郎通過時留下的痕跡。嘉助笑了起來，他心想「哼！那馬現在一定嚇得呆站在附近吧！」。

於是，嘉助拼命地循著那痕跡走下去。沒想到才走不到百步，那道痕跡竟在長得非常高的薊草叢中分成二、三道，叫人不知該往何處去了。

「喂！」嘉助大叫一聲。

「喂！」三郎似乎也在某處回應著他。

他心一橫，便選了中間那條前進。但這條路的痕跡也是斷斷續續的，有時候甚至還經過馬不會走的急斜坡上。

天空變得好黑好重，周遭一下子朦朧起來。冰冷的風開始掃過草面，似雲似霧的氤氳斷斷續續地飄過眼前。

「糟了！這下子完了！大家接下來要倒大楣了。」嘉助心想。

一切正如他所料，馬的足跡已經消失在草叢中。

「啊！慘了！完了！」嘉助的心狂跳不已。

野草彎著身子，啪嗤啪嗤地響、沙沙地低鳴。霧氣越來越重，把他的衣服全浸濕了。

「一郎！一郎！快來啊！」嘉助拼命地叫喊，但沒有任何的回應。

只見暗淡、冰涼的霧粒宛如黑板上飄下來的粉筆灰般，在眼前紛飛亂舞，四周是一片的死寂，陰森得令人害怕。露珠從野草上滴落的聲音就像是在耳邊一樣的清晰。

嘉助趕緊調回頭，一心只想回到一郎那裡，不過四周的景致卻和來時完全不一樣。這邊的薊草過於濃密，而且草叢中還多了之前沒有的碎石子，不時害他差點絆倒。眼前居然還突然出現了完全沒見過的巨大溪谷。芒草沙沙地低鳴，或許前方的路會像那深不可測的山谷一樣，消失在濃霧之中也說不定。

風一吹來，芒穗便像高舉著無數的細手般忙亂揮舞，像是在說：

「啊！西先生，啊！東先生，啊！西先生，啊！南先生，啊！西先生。」

嘉助一點也不想看，索性閉眼把頭撇到一旁，接著又掉頭往回走。一條黑色的小徑突然出現在草叢之中，那是條被馬蹄踐踏無數次後形成的路。嘉助忘我地發出幾聲短笑，朝著那小徑快步走去。

不過這路似乎也沒那麼靠得住，它一會兒縮成五寸、一會兒又拉成三尺寬，而且還會原地打轉。最後當他來到一棵樹頂被曬枯的巨大栗樹前時，路又叉分成了幾條。

那裡大概是野馬的聚集地吧，在霧中看起來就像個圓形廣場。

嘉助失望透頂，他又循著先前的黑色小徑往回走。不知名的草穗在路旁靜靜搖曳，稍強的風吹來時，它們就像互相提醒似地倒成一整面躲避。

天空閃過一道亮光，並發出轟轟的低沉響聲。眼前的霧中出現了屋子形狀的巨大黑色物體，嘉助一開始不敢相信自己看到的景象，只是站在原地，但因為那看來實在太像自己的家了，戰戰兢兢地走近一看，發現只是一塊冰冷的黑色大岩石。

籠罩在天空的白色雲層不停翻騰，野草啪嗟一聲一口氣甩掉了露珠。

「要是搞錯方向往原野的另一頭走下去的話，我和風之又三郎可就死定了。」嘉助心裡這麼想著，不禁在口中喃喃自語。接著又大叫起來：

「一郎！一郎！你聽到了嗎？一郎！」

瞬間四周又亮了起來，野草們一同吐露出歡喜的氣息。

「伊佐戶小鎮的電氣行學徒，被山男綁住手腳……」曾幾何時聽過的故事，如今居然如此清晰入耳。

黑色小徑突然消失了。周遭一下子又沉寂下來，接著吹來一陣非常強勁的風。

天空像面旗子般地耀眼翻弄著，還迸出霹靂啪啦的火花來，嘉助後來倒進草叢中昏睡過去。

這一切就像是不知道在哪發生的昔日往事一樣。

眼前的又三郎伸長了腳坐下，默默地仰望著天空。不知何時起，他在一直穿在身上的灰色上衣上，又披了一件玻璃斗篷，腳上還穿著一雙亮晶晶的玻璃鞋。

栗樹綠色的影子停在又三郎的肩上，他的影子則爬到了綠油油的草皮上。此時風一陣陣地吹來。又三郎面無笑容不發一語，只是緊抿著小嘴，靜靜地望著天空。忽然間又三郎輕飄飄地飛上了天空，玻璃斗篷在空中閃爍著耀眼奪目的光芒。

嘉助一回神睜開了眼睛，灰色的霧氣飛快地飄過。

他看到馬兒就呆呆地站在他的面前，一雙眼睛像是懼怕嘉助似地瞥向一旁。

嘉助跳起來一把抓住馬的名牌。從牠後面走出來的，是緊抿著雙唇、臉上毫無血色的三郎，嘉助不由自主地全身顫抖了起來。

「喂——」濃霧中傳來一郎哥哥的聲音。天邊的雷聲也隆隆作響。

「喂——嘉助！你在嗎？嘉——助」是一郎的聲音。嘉助高興得跳了起來。

「喂！我在這兒，我在這兒。一郎！喂——」一郎的哥哥和一郎出現在眼前。

嘉助突然放聲大哭起來。

「你可害我找慘了！真是太危險了。看你全身都濕透了，沒事吧！」一郎的哥哥一派熟練的動作抱住馬頭，把帶來的馬轡迅速往馬口一套。

「來，走吧！」

「又三郎也嚇壞了吧！」一郎對三郎說。他還是緊抿著嘴，一句話也不說。

大家跟著一郎的哥哥爬過兩個低緩的山坡，來到黑漆漆的大馬路，沿著路又走了一會兒。

天際閃過二道閃電，瞬間把天空照得白亮，這時飄來了一股焚草的焦味，白煙在霧中緩緩流盪著。

一郎的哥哥叫了起來：

「爺爺，找到了，找到了！大家都在！」

爺爺站在霧中。

「啊，可把我擔心死了！找到就好了！嘉助，你會冷嗎？快進來吧！」爺爺出來招呼著。

看來嘉助和一郎都是這個爺爺的孫子。

已燒焦大半的巨大栗樹根部，有一堆用草圍成的營火，還冒著微弱的火苗。

一郎的哥哥把馬繫在橡樹下，馬嘶嘶地叫了一聲。

「真是可憐！你們不知道哭了多久。咦？這孩子是挖金山的孩子吧？來，大家吃糯米糰吧！快吃吧！我這可烤了不少喔！剛才你們到底是去哪啦？」

「笹長根的出口。」一郎的哥哥答道。

「真是危險啊！要是再下去可就連人帶馬地完蛋了。來，嘉助，多吃點糰子。孩子，你也吃點。來來來，也吃吃看這個！」

「爺爺，我要把馬牽回去囉。」一郎的哥哥說。

「嗯，也好。否則牧場的人要是來了又要囉嗦，不過再稍等一下吧！馬上就會放晴了。啊！真是讓我擔心死了，我還找到虎子山去呢！回來就好，雨也快停了。」

「今天早上天氣還很好的說。」

「嗯，會再放晴的。啊！雨滴進來了！」一郎的哥哥走了出去。

天花板喀沙喀沙地響個不停，爺爺笑著抬頭看著。

哥哥又走進來了。

「爺爺，外面放晴了，雨停囉。」

「嗯，是嗎？大家把身體好好烘一烘，我還得去割草呢！」

霧氣瞬間散去，陽光灑了進來。太陽稍微往西方落下，幾片蠟塊般的霧團，因閃避不及而被陽光蒸發。晶瑩的露珠由草尖緩緩滴落，所有的葉子、花朵和枝枒無不把握時間，盡情地吸收著今年最後的陽光。

遙遠西方的碧綠原野，露出了哭泣後的燦爛笑容，遠處栗樹的背後也綻放出綠色的光。

大家已經精疲力盡，跟在一郎後面從原野往下走、依舊緊抿著雙唇的三郎，在泉水源頭附近跟大家道別，獨自一人回到父親的小屋。

回程途中嘉助說：

「那傢伙果真是風神呢！是風神的孩子吧！他們兩個人在那裡築巢而居。」

「才不是呢！」一郎大聲地說。

九月五日

隔天早上下了雨，不過第二堂課後便漸漸轉晴，到了第三堂課結束的十分鐘休息時間，雨終於停了。分布四處的白雲像被刨得一乾二淨般，天空露出了整面藍。雪白的鱗狀雲朵不斷往東方飄去，在山中的芒草和栗樹間纏繞不去的雲堆，則像熱氣蒸騰般直往上冒。

「放學後一起去摘山葡萄吧？」耕助偷偷地問嘉助。

「好啊，好啊！三郎也一起去吧？」嘉助邀請了三郎。

耕助卻嘟囔著說：

「喂，那地方不能讓三郎知道。」

三郎沒聽到，便回答：

「好啊！我在北海道也摘過喔！我媽媽還醃了兩大桶。」

「要摘葡萄的話也讓我一起去吧！」二年級的承吉也說。

「不行！那是我去年新發現的地方，才不告訴你咧！」

大家殷切地期待著下課時間的到來。第五堂課一結束，一郎、嘉助、佐太郎、耕助、悅治和三郎六個人，便從學校往上游爬去。過了一會兒，一行人看到一間茅草屋，屋子前面有一小塊的菸草田。菸草樹下面的葉子已被摘光，光禿禿的綠莖像樹林般整齊地排列，看起來十分有趣。

三郎突然順手摘了片葉子遞到一郎面前說：

「這是什麼葉子啊？」

這舉動把一郎嚇壞，他臉色一變，

「喂！又三郎，亂拔菸草葉會被公賣局給罵死的！唉，你在做什麼啊？」

接著大家也七嘴八舌地說：

「喂！公賣局可是把葉子一片片數過記在帳簿上的，這可不干我事喔！」

「我也不管喔！」

「也不關我的事喔！」大家異口同聲地說道。

三郎漲紅了臉，一時之間不知說些什麼，便氣沖沖地說：

「我又不知道！」

大家都怕被人發現，緊張得往前面的屋子張望。坐落在煙霧瀰漫的菸草田對面的這間茅屋，安靜得不像有人居住的樣子。

「那屋子不是一年級的小助家嗎？」嘉助安撫大家情緒般地說道。

然而耕助並不買單，自己發現的葡萄叢被三郎知道，他打從一開始就不太高興，所以故意對三郎說：

「哇！不是故意的也沒用！喂，三郎，快想辦法把它恢復原狀吧。」

三郎一臉擔憂，沉默不語好一會兒後，把葉子輕輕地放回剛才的樹下說：

「那我就把它放在這裡好了。」

接著，一郎催促著說：

「快走吧！」便帶頭先離開了，大家也都跟在後面一起走，卻只聽到耕助一個人還在那兒嘟囔著：

「吼，我什麼都不知道喔！你們看，又三郎放的葉子在那邊耶！」大家愈走愈遠，耕助好不容易才又追上來。

大家穿梭在芒草中的羊腸小徑，又朝山腰攀爬了一會兒，南邊的凹地裡有許多栗樹，下面還有結滿葡萄的樹群。

「這裡是我發現的，大家可別摘太多喔！」耕助說道。

接著三郎說，

「那我來摘栗子。」便抓起一顆石頭往枝頭上打，一顆綠茸茸的刺果掉了下來。

三郎用棒子把它撬開，取出兩顆還是白色的栗子，其他人則拼命地摘著葡萄。

在這同時，耕助準備去摘另一叢葡萄，經過一棵栗樹下時，突然被上面滴落的露水淋了一身濕。耕助驚嚇地張嘴抬頭一看，只見三郎不知什麼時候爬到上頭，臉上帶著笑意，正用袖口擦著自己的臉。

「哇！又三郎，看你幹的好事！」耕助惡狠狠地瞪向樹上說道。

「那是風吹的。」三郎在上頭嗤嗤地笑著。

耕助離開樹下到別的葡萄叢繼續開始摘葡萄，他東抓一把、西摘一串，堆積成山的葡萄已經拿不動了，他還吃得滿嘴紫，把嘴鼓得大大的。

「喂！帶這些回去就夠了吧！」一郎說。

「我還要再多摘一點。」耕助回答。

這時唰地一聲，冰冷的露水又淋得耕助一身濕。耕助又嚇得抬頭一看，這回卻沒在樹上發現三郎。

不過耕助在樹的另一邊看到了三郎灰色的衣肘，還聽得到嘻嘻的竊笑聲，這下子可真把耕助給惹毛了。

「喂，又三郎，你幹嘛又潑我水？」

「是風吹的啦！」大家不由得大笑起來！

「一定是你在樹上面搖的！」大家又哄堂大笑起來。

耕助惡狠狠地瞪著三郎，沉默一會後說道：

「喂，又三郎，要是你不在這世界上該有多好。」

這話卻換來三郎狡黠的笑容。

「那真是不好意思呢！耕助。」

耕助想回嘴，又氣得不知說些什麼好，於是又喊出同樣的話。

「喂，你這傢伙！又三郎，要是世上沒有像你這種風就好了！」

「對不起啦！誰叫你剛剛要故意欺負我！」三郎眨了眨眼，有點過意不去地說道。

但是耕助的怒氣還是無法平息，於是又把同樣的話重覆了好幾遍。

「喂，又三郎！世界上最好不要有風啦！」

耕助這麼一說，反倒讓三郎覺得有趣，便嗤嗤地笑著問道：

「為什麼世界上沒風比較好呢？你倒是說說看原因呀！」三郎擺出一副老師的樣子，指著一根手指問道。

耕助沒料到事情會演變成像考試般無聊，顯得十分地懊悔。無計可施的他想了一下後說：

「風只會惡作劇，還會把傘給弄壞。」

「還有呢？」三郎興致勃勃地繼續追問。

「還有會把樹吹倒、吹翻。」

「接著呢？再說啊！」

「還會弄壞房子。」

「再來、再來，然後呢？」

「還會把燈吹熄。」

「還有，接下來怎麼樣？」

「還會把帽子吹走。」

「接著還有什麼呢？快說啊！」

「把斗篷也吹跑。」

「然後呢？」

「然後，嗯……電線桿也會被吹倒。」

「還有呢？」

「還會掀掉屋頂。」

「啊哈哈哈，屋頂不就是房子嗎？怎麼樣？還有別的嗎？接下來呢！」

「接下來，嗯……還有……還會把油燈吹熄。」

「哇哈哈哈，油燈不就是燈嘛！就這些嗎？還有呢？再說、再說！」

耕助一時語塞，能說的都說完了，再怎麼想破頭都掰不出來了。

風之又三郎越發得意地又舉起一根指頭說：

「還有嗎？沒有了嗎？說完啦？」

耕助漲紅了臉，想了半天後勉強地又說：

「還會吹壞風車啦！」話一說出口，三郎笑得人仰馬翻。其他人也跟著一直笑、一直笑，笑個不停。

三郎終於止住笑意，說道

「看你終究還是把風車搬出來了吧！風車可絕對不會嫌棄風的。當然，有時候難免會弄壞，但大部份時候可是靠著風在運轉的，所以我覺得風車是絕對不會討厭風的。你剛剛說的都太牽強了，還嗯嗯啊啊吞吞吐吐地。最後連風車都說出來了。啊！真的太好笑了！」。

三郎又笑得眼淚都要流出來了。

耕助也因為一直抱著頭苦思，早就把生氣的事忘得一乾二淨，竟然也不知不覺地跟著三郎笑了起來，三郎這才豁然地說：

「耕助，對不起啦，剛才捉弄你了。」

這時一郎開口了，

「那，可以回去了吧！」說完又隨手塞給又三郎五大串葡萄。

三郎則分給每個人兩個白色的栗子。然後大家一起下山，各自回到自己的家去。

九月七日

第二天早上霧氣沉重，學校的後山一片迷濛。不過今天的天氣也是從第二堂課開始逐漸放晴，天空變得一片蔚藍，陽光也燦爛奪目了起來。到中午一、二年級的學生下課後，更是像夏天一樣熾熱。

下午的課堂上，老師在講臺頻頻擦汗，就連在四年級的習字課和五、六年級的畫圖課上寫黑板時，都因為太過悶熱而不斷打盹。

一下課大家相邀去下游的河岸邊。嘉助說：

「又三郎，一起去游泳吧！低年級的都先去了。」於是三郎也一起去了。

那裡比上次去過的上流原野還要下面，右手邊還和一條山溪匯流成一個較為寬廣的河岸，下游處是個長有巨大皂莢樹的山崖。

「喂！」已經先到的孩子們正光著身子高舉雙手叫喊著他們。

一郎和大家宛如賽跑似地飛快穿過河岸邊的合歡樹林，一把脫掉衣服就縱身跳入水裡。一行人兩腳交替地打著水，排成一道斜線地朝對岸游過去。先到的孩子們也開始追著游了上來。

三郎也學大家脫了衣服跟著游，半途卻突然放聲大笑起來。已游抵對岸的一郎披著一頭濕髮，張開顫抖而發紫的雙唇說：

「喂！你笑什麼？」

只見三郎也一樣抖著身子爬上岸來說道：

「這河水好冷！」

「你到底在笑什麼？」一郎又追著問。

「你們的游法好奇怪喔！為什麼要把水打得那麼響呢？」說著說著又笑起來。

「喂——」一郎有點難為情，

「要不要來玩搶石頭啊？」他邊說邊撿起一塊圓圓的白石子。

「好啊！好啊！」孩子們不約而同地叫了起來。

那我要從那棵樹上丟下來囉！一郎說完便往突出於斷崖中間的一棵皂莢樹頂爬去，然後叫著說：

「我要丟囉，一、二、三」說完便把那顆石子「噗通！」丟進河裡。大家爭先恐後地一頭栽進河裡，化為一隻隻藍白色的海獺潛入河底去搶那顆石子。但還沒到河底，卻又紛紛憋不住氣地浮到水面上，在這樣交替之下，開始飄起霧來。

風之又三郎一直專心地看著大家玩著遊戲，見大家全浮上水面，自己也忍不住跳下水去。不料還是游不到水底就浮了上來，逗得大家哈哈大笑。這時，對岸的合歡樹林忽然走出四個男人，有的光個膀子，有的手拿魚網，朝這邊走過來。

一郎見狀，立刻從樹上壓低嗓子叫道：

「喂，是炸魚的，大家快裝做沒看見，不要玩撿石子了，趕快往下游去吧！」

於是大夥兒盡量不朝那方向看，有的揀磨刀石，有的則追著鶺鴒跑，大家全裝著不知道炸魚這回事地玩著。

此時，在下游挖礦的庄助出現在對面的河岸，四下張望了一會兒，突然往碎石子堆上盤腿坐下，然後悠閒地從懷中拿出菸袋，叼起菸嘴來大口大口地抽了起來。

大家正覺得奇怪時，又見他從懷裡掏出東西。

「炸藥！是炸藥！」大家叫了起來，一郎揮著手示意要他們閉嘴。

庄助默默地用煙管上的火點燃那東西。另一個人馬上就從後面跑進水中架好於網。庄助從容不迫地把一隻腳踏進水裡，將手中的東西迅速朝皂莢樹丟去。不久便聽到一聲巨大的聲響，河水漲得老高，過不了多久，周邊響起一陣刺耳的聲音，對岸的大人們一下子全撲進了河裡。

「喂！流過來啦！大家注意了！」一郎又說。不出片刻，耕助便抓住一條小指大小、從上游橫漂過來的褐色杜父魚，身後的嘉助則發出一種像是吸吮瓜類汁液時的怪聲，原來抓到了一條六寸長的鯽魚，興奮地臉都紅了。之後大家也各有斬獲地大吼大叫著。

「安靜點！安靜點！」一郎發出警告。

這時候，對面的白色河床上又跑出五、六個打著赤膊或只穿件襯衫的男人。其中一個穿著網面襯衫的人，像電影情節般騎著一匹無鞍的馬，從後面往這邊直衝過來。想必這些人是聽見爆破聲才跑過來的吧！

庄助抱著胸，靜靜地看著他們捉魚，隔了一會兒才開口說：

「幾乎沒有魚呀！」

於是大家又喊了一遍。

「老師不是說過不能把河水弄髒嗎！」

那個尖鼻子又吸又吐，像是在抽菸般地說：

「你們喝這裡的水？」

大家又喊了一遍：

「老師不是說過不能把河水弄髒嗎！」

那個尖鼻子一臉為難地說道：

「我過河也不行嗎？」

「老師不是說過不能把河水弄髒嗎！」

那人像是為了掩飾自己的窘態，故意放慢腳步地過河，再一副阿爾卑斯山探險家的樣子，斜斜爬上鋪著藍色黏土和紅色砂礫的山崖，消失在崖上的菸草田中。

三郎鬆了一口氣，

「什麼嘛，不是來抓我的啊。」說完便帶頭就往水裡跳。

大家總覺得對那男人和三郎有點愧疚，心情特別複雜。後來一個個從樹上跳下後游回河床，把魚用手巾包好或用手拎著就各自回家了。

九月八日

第二天早上上課前，大家全聚在運動場上吊單槓或玩尋寶遊戲。姍姍來遲的佐太郎抱著一只不知放了什麼東西的竹簍悄悄地走過來。

「什麼東西？是什麼東西？」大家馬上好奇地圍上前去。

佐太郎急忙地用袖子蓋住它，快步地走向學校後面的岩洞，大家不肯死心地追上前去。一郎探頭一看，不由得臉色大變。原來那是用來毒魚的花椒粉，用這東西跟用炸藥炸魚一樣，都是會被警察抓走的！誰知佐太郎卻把它藏到岩洞旁的芒草堆中，若無其事地回到了運動場。

後來大家整節課都偷偷摸摸地在談論著這件事，直到下課鐘響。

那天過了十點，天氣又變得跟昨天一樣熱，大家都期待著課能趕快結束。兩點一到，第五節課結束，大家不一會兒就鳥獸散似地不見蹤影。佐太郎又用袖子蓋住竹簍，在耕助等人的包圍下往河床走去，三郎和嘉助也跟著一起過去。大家急急走過散發著村裡廟會時那種嗆鼻氣味的合歡樹林，來到熟悉的皂莢樹下的水潭。夏天特有的積雨雲，正團團聚集在東方的天際，那棵皂莢樹正綠得發光。

大家急忙脫掉衣服站到水潭邊時，佐太郎望著一郎說：

「大家快排成一排。聽好囉！等魚浮上來，就馬上游過去抓，抓多少就分多少，明白嗎？」

低年級的小孩們無不興奮地漲紅著臉，你推我擠地圍著水潭靠過來，弁吉等三、四個人，則早已游到皂莢樹下等著。

佐太郎大搖大擺地走到上游的淺灘上，把竹簍放進河裡洗了起來。所有的人都站著不發一語，只是盯著河裡瞧。三郎的注意力全轉移到飛過遠方積雨雲上方的一隻大黑鳥；一郎坐在河床上，手持石頭四處敲啊敲的。然而過了一段時間，仍不見一隻魚浮上來。

佐太郎一臉正經地站在岸邊往水裡看。大家心想，昨天炸完魚後不一會兒就抓到不下十條的魚，今天理應有所收穫才對。大家大氣不敢吭地又等了好久，水面上還是連一條魚都沒有。

「根本就抓不到魚嘛！」耕助突然叫了起來。佐太郎雖然嚇了一跳，還是認真地直盯著水面。

「一條魚也沒有呢！」那邊樹下的弁吉也叫了，於是大家再也忍不住地躁動起來，一個個往水裡跳。

佐太郎感到有點不好意思地蹲在水邊看，終於還是站起身來說：

「那我們來玩捉迷藏吧！」

「好呀！好呀！」大家一陣歡呼，紛紛從水中伸出手來準備猜拳。

正在水裡游的孩子，也急忙往河床邊站得住腳的地方游，伸長手準備著。一郎也來到岸邊伸出手，他打從一開始就決定到昨天那個尖鼻子爬上去的山崖下，以那塊滑溜的藍色爛泥地為基地，他相信只要跑到這裡，「鬼」就抓不到他。大家以只能出石頭和布的猜拳來決定當鬼的人。悅治一個人出了剪刀，被大家起鬨當鬼。悅治把嘴唇塗成了紫色在河邊追起了人，抓到喜作後，鬼變成了二個人。大家就這樣在沙岸上、水潭邊四處來回，你抓我我抓你，玩了好幾輪的捉迷藏。

最後一輪三郎一個人當鬼，不一會兒就抓到了吉郎，其他人則站在皂莢樹下靜靜地看著。

於是三郎對吉郎說：

「吉郎同學，你從上面追過來，知道嗎？」說著便不發一語地站在一旁看著。吉郎張開大嘴，展開雙手從上游追到了爛泥地來。

大家作勢要往潭裡跳，一郎迅速地爬上一棵楊柳。這時吉郎卻因為腳上沾了上游的爛泥，在大家面前滑了一跤。大家鼓躁了起來，紛紛跨過吉郎的身體，縱身往水裡跳，先後爬上藍色的爛泥地。

「又三郎！過來呀！」嘉助站著張開大嘴，展開雙手對三郎挑釁。

這下子，從剛剛看起來就一直很不高興的三郎終於爆發了。

「好！你等著瞧！」說著便認真起來，縱身一躍入水，拼命地往那邊游去。

三郎的頭髮又紅又亂，雙唇因泡水過久而泛紫，孩子們看了感到不寒而慄。

首先那塊爛泥地不但狹小到無法容納所有人，而且還是滑溜溜的坡地，站在下面的四五個人只好緊緊抓著上面的人，才不致於滑落水裡。

唯有一郎在最上面還輕鬆地和大家聊天，大家也紛紛聚上前交頭接耳一番。

此時風之又三郎正啪擦啪擦地踢著水游過來，大家仍舊嘰機呱呱地交談著。三郎這時突然用雙手朝他們潑起水來，大家一陣手忙腳亂地抵抗水花，但爛泥愈來愈滑，人還是往下溜，眼看就要掉下水裡。風之又三郎見狀越發興奮，更是胡亂地潑水，於是大家噗通噗通地掉下水裡。三郎游過去把他們一個個抓起來，連一郎也沒有放過。只有嘉助一個人從上面繞過，正準備逃走。此時三郎往後面縱身一跳，把他壓個正著，還抓住他的手臂在水裡拉扯了四五圈。嘉助喝了不少水，嗆得咳聲連連，吐著水說：

「我不玩了！再也不玩這種捉迷藏了啦！」低年級的孩子們全爬上河岸邊，只剩三郎一個人孤伶伶地站在皂莢樹下。

然而就在這時，天空瞬間烏雲密佈，楊柳樹泛白得詭異，山上的草叢也逐漸陷入一片漆黑中，四周的景色突然變得令人毛骨悚然。

過了一會兒，上游的原野附近忽然傳來隆隆作響的雷聲，緊接著下起一陣午後陣雨，伴隨著呼嘯的風，潭水面上頓時滴滴答答地水花四濺，叫人一時分不清是石頭還是水滴。大家跑到岸邊一把抓起衣服，飛也似地逃到合歡樹下。

這時的三郎開始露出害怕的表情，從皂莢樹上跳入水中，朝著大家游過來。不知是誰突然叫起來，

「雨聲沙沙的雨三郎，風聲隆隆的又三郎。」

大家隨即也跟著叫起來。

「雨聲沙沙的雨三郎，風聲隆隆的又三郎。」

三郎突然覺得像是有人抓著他的腳，慌張地從水中一躍而起，拼命地跑到大家身邊，全身顫抖著問道：

「剛剛是你們的叫聲吧？」

「不是、不是！」大家齊聲否認。弁吉又一個人走上前說：

「才沒有呢！」三郎於是一臉驚慌地望向河中，一如往常的咬著慘白的嘴唇。

「這倒底是？」他嘴裡嘟囔著，身子還是抖個不停。

接著大家等到雨停後，就各自回家去了。

九月十二日第十二天

「咚　咚咚　咚隆咚　咚隆咚　咚隆咚隆

青核桃　被風吹落了

木瓜海棠　也被風吹落了

咚　咚咚　咚隆咚　咚隆咚　咚隆咚隆

咚　咚咚　咚隆咚　咚隆咚　咚隆咚隆」

不久前聽到三郎唱的這首歌，又在一郎的夢中響起。

一郎猛然驚醒一看，外面正刮著駭人的強風，山林宛若發狂似地咆哮著，破曉前那微弱的深藍色燈光遍灑在屋裡的拉門、櫥櫃上的燈籠罩、和家中的每一處。一郎迅速地繫上腰帶，在玄關穿上木屐後穿過馬廄打開了邊門，迎面撲來的是冰冷的雨珠夾雜著狂風。

馬廄後方的門應聲倒下，把馬嚇得用鼻子噗嚕嚕地叫出聲。一郎感到那一股風直灌到自己胸口來，不自主地吐了一大口氣後，往外頭跑去。

外頭已經相當亮，但是地上盡是一片泥濘。家門前的一排栗樹呈現詭異的藍色與白色，經過一夜風雨的洗滌被摧殘得相當慘烈。綠色的樹葉被吹了滿地，許多裂開的綠刺果散落在黑色的泥地上。

天空的雲層閃著詭異的灰色光芒，不斷地往北方飄去。遠方的樹林像是波濤洶湧的海面，又是隆隆亂鳴，又是沙沙作響。一郎任憑著冰冷雨水打在臉上，狂風幾乎要捲走身上的衣服，但他只是靜靜地仰望著天空，聆聽著那個聲音。

一郎覺得心頭掀起了陣陣的微浪，但當他靜靜地凝視著這時而高鳴、時而狂吠、呼嘯而過的狂風時，心頭開始噗通噗通地跳了起來。昨天在山丘、原野上空那清爽和煦的風，到了今晨黎明時分竟一舉爆發，如同雷霆萬鈞之勢，朝塔斯卡羅拉海溝的北端奔馳而去。一想到這裡，就讓一郎臉部發熱、呼吸急促，恍惚之間好像自己也跟著翱翔在天際。一郎只好趕緊進家門，挺胸大大地吐出一口氣。

「哇！好大的風啊！菸草和栗子應該都毀了吧。」一郎的爺爺站在邊門前，抬頭看著天空喃喃地說道。一郎急忙從井裡汲了滿滿的一桶水，使勁地擦起了廚房。接著又拿出臉盆，匆匆洗把臉後，拿出菜櫥裡的冷飯和味噌，埋頭狼吞虎嚥起來。

「一郎，湯馬上就好了，再等一會兒吧。有什麼事非得這麼早去學校不可嗎？」

母親邊煮馬的（不詳）爐灶邊添柴火說著。

「嗯。又三郎說不定要飛走了。」

「又三郎是誰？鳥嗎？」

「不是啦！是一個叫又三郎的傢伙。」一郎囫圇吞棗地把飯解決掉，隨便洗洗碗筷，便抓起掛在廚房釘子上的油紙雨衣穿上，木屐拎了就光腳往嘉助家跑去。嘉助一副剛睡醒的模樣說：

「我去吃個飯。」一郎只好在馬廄前等著。

不久，嘉助披件小小的蓑衣走出來。

在狂風暴雨中，兩人全身濕漉漉地抵達學校。好不容易從門口走進教室，裡頭卻空無一人，只聽到窗隙間滲進來的雨水噗嗤噗嗤地打在窗檻上。一郎環視教室一周後說：

「嘉助，我們來把水掃一掃吧！」說著，便拿來棕櫚掃把把水全掃進窗下的小孔中。

或許是聽到有人來了，老師從辦公室走了出來。令人意外的是，他只穿著件單薄的衣服，手上還拿著一把紅色扇子。

「你們來得真是早啊！在打掃教室嗎？」老師問道。

「老師早！」一郎說。

「老師早啊！」嘉助也說，接著便問：

「老師，今天又三郎會來嗎？」

老師稍微想了一下，

「又三郎——你們是指高田同學是吧！高田同學昨天已經和父親一起去別的地方了。因為是星期日，所以沒來得及和大家打招呼。」

「老師，他是不是飛走了？」嘉助又問。

「當然不是，他父親的公司打電報過來。聽說他父親還會稍微回來這裡一下，高田同學會去當地的學校就讀，因為他母親也在那裡。」

「為什麼公司要叫他們回去呢？」一郎問道。

「好像是因為這邊的鉬礦暫時沒法挖了。」

「這樣啊！那傢伙果然就是風之又三郎吧！」嘉助大叫出聲。

值班室那頭突然響起咚咚的響聲，老師趕緊拿著紅色扇子跑過去。

一郎和嘉助兩人悶不吭聲地待了好一會兒，像是要探詢對方看法似地對望著。

風仍然吹著，玻璃窗因為雨水蒙上一層霧，又再度嘎答嘎答地響了。

巡星之歌／

紅眼睛的天蠍座
展開雙翅的天鷹座

藍色眼眸的小犬座
閃耀的蜷曲蛇夫座

獵戶座在高歌時
降下了露水和霜

仙女座的雲朵
彷彿魚嘴巴的形狀

從大熊座的腳往北邊
延伸五倍的地方
在小熊座的額頭上
正是星空旋繞的中心點

不畏風雨／

不輸給雨
不輸給風
不輸給寒雪以及夏天的炎熱
有著健康的身體

不帶有多餘的慾望 也絕不生氣
總是安靜的笑著
每天吃四合糙米
味噌、以及一點點蔬菜

對於任何事情
都不加入爭論
多聽多看，好好地去了解
然後謹記在心

住在原野中松林蔭底下的
小茅草屋

東邊如果有生病的孩子
就去照顧他

西邊如果有疲憊的母親
就去幫她扛稻束

南邊如果有人臨終
就去告訴他不要害怕

北邊如果有人在吵架或是控訴
就叫他們停止做無聊的事

為旱災流淚
在寒夏時不安地走著

被大家說我一無是處
得不到稱讚
也不要別人為我擔憂

我想成為
像這樣的人

宮澤賢治紀念館／宮澤賢治童話村

宮澤賢治紀念館位於他的故鄉岩手縣花卷市。裡面收藏許多宮澤賢治的照片和珍貴的手稿，並展示了他平常的興趣，像是收集礦石、水彩畫、大提琴等等，完善地保存了宮澤賢治的遺物，讓大家可以更了解他。

紀念館跟童話村的中間有一家出現在《要求很多的餐廳》裡的恐怖餐廳「山貓軒」，不過不用擔心！這裡的老闆不會吃掉你。

而宮澤賢治童話村是一個以他的作品為藍圖所設計的園區。有《銀河鐵道之夜》裡出現的「天鵝站」、「銀河車站」等等。並設有「賢治的教室」，利用影音效果和幻燈片等等，來模擬出作品中的幻想空間，讓大家可以更了解他創作時的背景以及理念。園區裡還規劃了在樹林裡散步的「妖精小徑」、「貓頭鷹小徑」等等，有許多裝置藝術，風景優美，處處可見各種巧思，是一個可以讓喜愛宮澤賢治的人滿載而歸、不熟悉他的人也可以放鬆心靈的地方。

照片提供：Mr.Even

■ 宮澤賢治紀念館

http://www.miyazawa-kenji.com/kinenkan.html

地址：〒 025-0011 岩手県花巻市矢沢 1-1-36

開館時間：8:30~17:00

■ 宮澤賢治童話村

http://www.city.hanamaki.iwate.jp/shimin/176/181/p004861.html

地址：〒 025-0014 岩手県花巻市高松 26-19

開館時間：8:30~16:30

宮澤賢治年表／

1896	0	8月27日於岩手縣花卷市出生，為家中長男。
1903	7	進入鎮立花卷川口普通高等小學就讀。
1906	10	跟隨父親參加暑期佛教講習會，開始熱衷於採集礦物植物。
1910	14	因學校活動開始喜歡上登山，進而喜愛大自然。
1911	15	開始寫短歌。
1914	18	從盛岡中學畢業。對宮澤家開設當鋪靠窮困人家來賺錢感到厭惡。
1915	19	以第一名的成績進入盛岡高等農林學校就讀。
1916	20	以筆名「健吉」發表29首短歌。
1917	21	與朋友創刊收錄短歌為主的同人誌《杜鵑》。以筆名「銀縞」發表短歌。
1918	22	從盛岡高等農立學校畢業成為研究生。開始寫兒童文學。
1920	24	修完研究生課程，婉拒晉身副教授的好意。
1921	25	開始大量創作童話。任教於花卷農學校。擔任代數、農產、作物、土壤、肥料等等科別的老師。

年份	年齡	事蹟
1924	28	自費出版詩集《春與修羅》、童話集《要求很多的餐廳》。開始寫《銀河鐵道之夜》的初稿。
1926	30	發表《貓咪事務所》。辭去教職開始獨居生活，平日朗誦童話給附近的小孩聽。設立羅須地人協會教授農業知識。
1928	32	奔波於稻作指導的途中，發燒病倒返家養病，之後轉成肺炎。
1930	34	大致康復之後投入園藝工作。
1931	35	復發，返鄉臥床療養期間在手帳上寫下《不畏風雨》。
1933	37	9月21日下午一點半病逝，享年37歲。

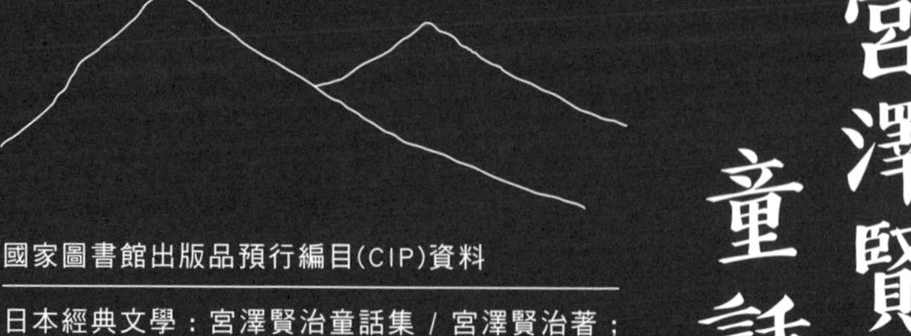

日本經典文學

宮澤賢治童話集

國家圖書館出版品預行編目(CIP)資料

日本經典文學：宮澤賢治童話集 / 宮澤賢治著；徐華鍈譯. -- 初版. -- 臺北市：笛藤, 2017.12
面； 公分
ISBN 978-957-710-710-7(平裝)
861.59 106023308

著者 宮澤賢治
譯者 徐華鍈
總編輯 賴巧淩
編輯 葉雯婷
封面/內頁設計 王舒玗
編輯協力 劉建池
照片提供 Mr. Even、日本近代文學館
出版社 笛藤出版圖書有限公司
發行人 林建仲
地址 台北市重慶南路三段1號3樓之一
電話 (02)2358-3891
傳真 (02)2358-3902
製版廠 造極彩色印刷製版股份有限公司
地址 新北市中和區中山路二段340巷36號
電話 (02)2240-0333・(02)2248-3904
總經銷 聯合發行股份有限公司
地址 新北市新店區寶橋路235巷6弄6號2樓
電話 (02)2917-8022・(02)2917-8042
劃撥帳戶 八方出版股份有限公司
劃撥帳號 19809050

定價320元
2017年 12月23日 初版一刷

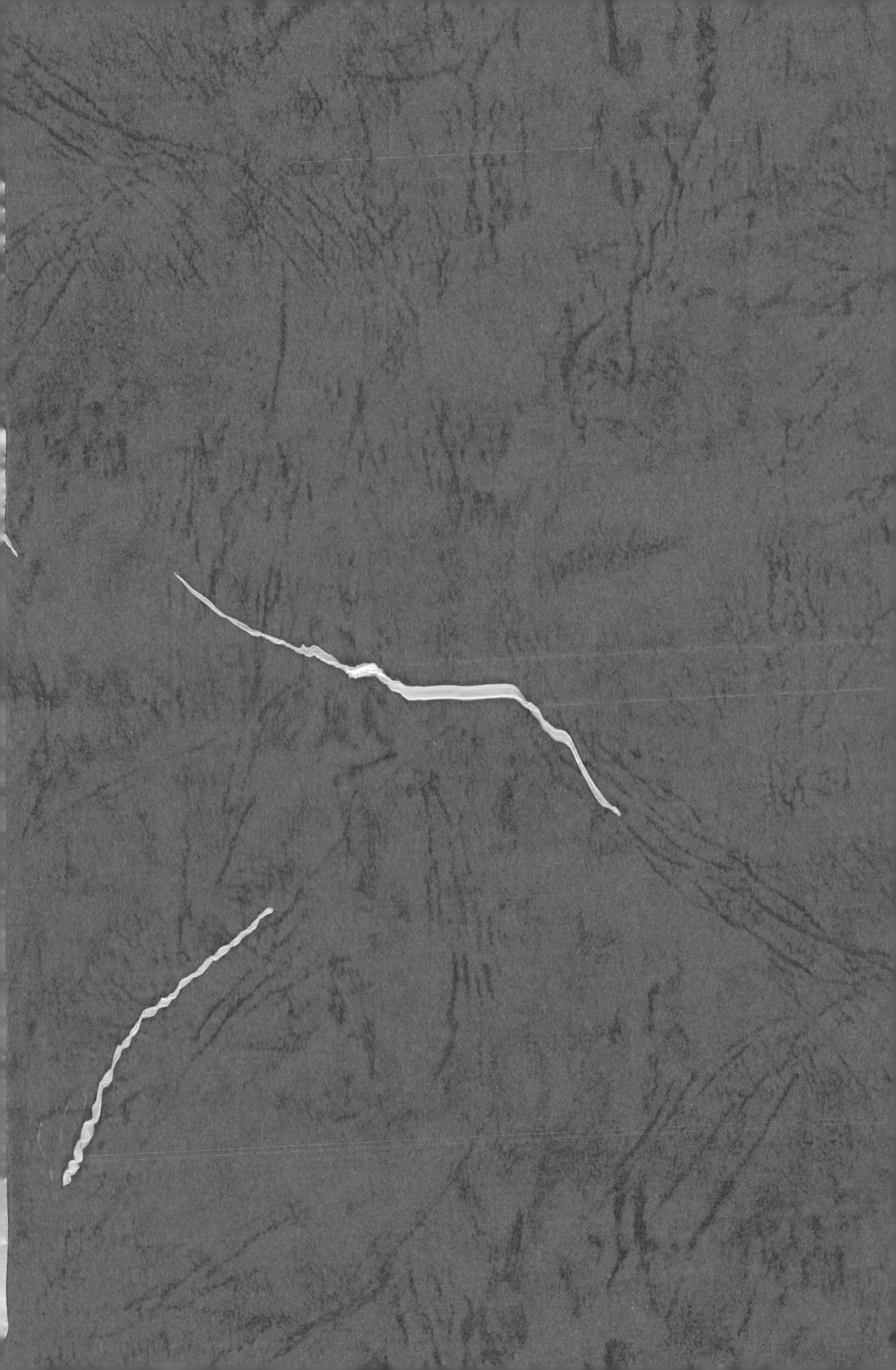